表現教育シリーズ（一）

脚本の種の本

人形劇
野外舞踊劇
リズム構成

石塚真悟

序にかえて

三河絹代

石塚先生は、教師としての仕事の中でたくさんの童話や脚本を書き続けてこられました。その作品集第1冊目が完成し、ずっと待ち望んでいた者の一人としてとてもうれしいです。

私が石塚先生と出会ったのは、昭和55年、教員になって2校目の玉村小学校でした。先生は、当時でも珍しかったはんてんをよく着ていて、職員写真の撮影の時もはんてん姿でした。学校の中でごく自然にはんてんを着ている姿を、遠くからカッコいいと思っていました。けれども、私が「教師・石塚」に学びたいと心から思ったのは、その年の運動会で石塚先生の指導する野外劇「悟空よ、再び生まれ来たらんか」を踊る3，4年生の子どもたちを見た時でした。話の筋は覚えていませんが、とにかく子どもたちの表情にくぎ付けにされました。大人として生きている自分など恥ずかしくてとても近寄れないほどの、神々しい美しさでした。私はそれまで、人間の子どもがこれほどにも美しい表情をするとは考えてもみませんでした。私はその時初めて、子どもが持つ内面の美しさに出会いました。教師の仕事とは、子どもが学びの中で力いっぱい生きられるように働きかけることであり、その時、子どもの内面はさらに美しく輝き、おのずと外に表出されていくものであると、初めてわかりました。教育という仕事に初めて感動しました。そして、石塚先生のような仕事ができるようには到底なれないけれど、せめてその山のふもとの石ころくらいにはなりたいと思いました。

石塚先生の野外劇やリズム構成という作品や指導の見事さは勿論ですが、先生自身が常に言っているように、その土台をなすのは毎日の授業です。それを学びたくて、私はしょっちゅう授業を参観させてもらいました。子どもたちが自然と引き込まれ、考え、話し合い、やがて教室が発見や感動に深くやわらかく包まれていく授業の構成、練り上げられた発問。それを学びたくて参観させてもらいながら、いつしか自分も子どもたちと一緒になって授業を受けており、授業への感動や学ぶ喜びで胸がいっぱいになるのでした。

石塚先生が、どうしてあのように質の高い感動的な授業、子どもたちが幸せそうに笑いながら確かに育っていく教育ができたのか、その答えのいくつかをこの本の中から探すことができると思います。

石塚先生という人間の根幹には、「弱いものと共に生きる」というゆるぎない精神があります。それは、すべての存在（子ども、人間、自然）への共感であり、尊重であり、信頼です。たとえばそれは、「コマ吉とモグラの種」の章で、「クラスづくりの目標の中心に、三年間緘黙を続けてきたトミちゃんを元気にしてやることを置いた。その過程でこの人形劇が生まれてきた」と書かれていることからも読み取れます。そしてその精神を支えるのが、「自分ひとりでもやり抜く」生き方と「楽しむ」心です。「切っても焼いてもだめなら、自分たちで花を変えるしかない」と花の中に飛び込んでいく子どもたち（「黒い花」）、ごんごろ山に楽しそうに木を植え続けるじいさま（「ごんごろ山のおに」）は、石塚先生そのものです。また、「神よ、ありがとうございます。私を黒く創ってくださいまして。私にあらゆる苦悩を具えてくださいまして。（「フリーダム・アフリカ」）」のネルソン・マンデラの言葉は、石塚先生からの子どもたちへの深いメッセージでもあると思われます。このような精神は、石塚先生の教師としての仕事の全てに貫かれていました。

そして、この本からはあまり読み取れないことですが、そんな先生ですから授業づくりには妥協をしません。私は、先生がリズム構成に取り組まれた時代にそばで学ばせていただきましたが、リズム構成の授業が始まると先生は毎日毎日寝ずにその指導を考えてくるので、日に日に目に見えて痩せていくのがわかりました。身を削りながら授業を創っていく姿は、生涯忘れられません。作品も、指導の中の一言も、このような妥協のない追求の中から生まれています。

「授業をする教師がその教材に感動していなくて、子どもが感動する授業をできるはずがない。今日の授業で一番いけなかったのは、三河さんがこの詩に感動していないことだよ」これは、30年前に石塚先生に言われて、それ以来私が教師としてずっと持ち続けてきた言葉です。

この本の中には、たくさんの感動が埋まっています。人間を信じて生きる喜びを教えてもらうことができます。教育に感動し、教育に希望と勇気を持つことができます。

本当に大切にすべきことは何かを、考えさせてくれる貴重な実践記録をまとめ始めて下さった石塚先生に、心から感謝します。たくさんの人に読んでほしいです。

（元前橋市小学校校長）

目次

人形劇脚本を物語風に

コマ吉とモグラ

◇低・中学年用◇

「やあい、なまけもんのコマ吉やあい」

「まぬけのコマ吉やあい」

「お前の畑、みてみろい」

「草ぼうぼうぼうだあ」

「畑の神さん、泣いてるぞ」

「あほうのコマ吉やあい」

コマ吉は、その草ぼうぼうの畑のわきの道に、しょんぼりと腰を下ろしていました。

「みんなが、はやく畑を耕せって言う。でも、おいらは、なまけもんだからだめだ」

何を言われても、コマ吉は、だまってしょんぼりとうなだれるばかりでした。

その昔、その畑は、コマ吉のじいさまが、汗を流してひらいた畑でした。

働き者のコマ吉のじいさまは、朝、まだ日がのぼらないうちから畑に出て、星が光りだすまで働いていました。

だから、この畑は、村一ばんの畑で、何を作ってもよく出来ました。

カボチャを作れば、大きくておいしいカボチャが、ごろごろ出来たし、いもを植えれば、沢山の子いもが、ぽろぽろ出来たのです。

村の人たちは、うらやましがって、この畑のことを「万作ばたけ」と呼ぶほどでした。

ところが、一年ほど前、そのじいさまが、はやり病で、ぽっくりと死んでしまったのです。

ととさまとかかさまを小さい頃に亡くしたコマ吉をあわれに思ったじいさまは、コマ吉の身のまわりのことをみんなやってくれていました。

朝、目をさませば、じいさまがせっせと着物を着せてくれるし、ただ立っていれば、ぬれた手ぬぐいで、顔をふいてくれるのです。

口をあけば、ごはんを入れてくれるので、コマ吉は、口に入ったごはんを、ただ、かむだけですんだのです。

「ああ、じいさまあ。じいさまあ。どこへ行っちまったんだよう。じいさまあ」

いくらコマ吉が呼んでも、死んでしまったじいさまが、帰って来るわけはありませんでした。

コマ吉は、しばらくは、べそべそと泣くばかりでした。

村の人たちは、そんなコマ吉をあわれに思って、時々、食べ物を届けてくれたので、なんとか、今日まで生きて来られたのでした。

でも、コマ吉も、もう十歳になっていました。

十歳と言えば、村では、一人前です。

どの子も、畑に出て、畑を耕したり、草とりをして働いていました。

でも、コマ吉は、ただ、ぼんやりしているだけで、何もしませんでした。

「おら、なまけもんだ。何もやれねえ。じいさまがいなけりゃ、どうしょうもねえんだ」

ぶつぶつと、何やら呟きながら、コマ吉が家の方に帰って行くと、何もいないと思っていた草ぼうぼうの畑から、モグラが顔を出しました。

モグラは、二匹いました。

モクちゃんと、チロちゃんでした。

「コマちゃん、じいさまがいなくなって困っているんだね」

「ひとりぼっちになっちゃって、かわいそうだよね」

「じぶんで、なまけ者だって思いこんでるんだ」

「なんとかしてやりたいね」

そこへ、おくらの長者と、手下の伝松がやって来ました。

「ここだな、万作ばたけというのは……」

「へい、さようで。このとおり、万作ばたけも見るかげもありませんや」

「ほんとにひどい荒れようだな」

「働きもんのじいさまが死んでから、ずっとこのとおりで……」

「もったいないことだな」

「へえ。全くもったいねえことで……。長者さま、この畑をこのままにしとくのはもったいないことですんで、コマ吉から取り上げてしまいましょう」

「何？　取り上げる？　そんなことすりゃ、村のもんがさわぐだろが……」

「なあに、『コマ吉のなまけもんをなおすためだ』って言やあ、村のもんは、何も言えませんや」

「それで、どうやるんだ」

「へえ、コマ吉に、『お前のなまけもんをなおしてやる。この畑を一日で耕せ。耕せなかったら、わしがあずかることにする』って、言ってやりゃいいんですよ」

「なあるほど、そりゃあ、うまい手だ。ようし、さっそく、コマ吉に言いわたすとするか」

「へえ、それなら、コマ吉のところへ参りましょう」

「ようし」

二人は、コマ吉の家の方に急いで行きました。

畑の中から、モクちゃんが出て来ました。

「おい、聞いたか」

チロちゃんも出て来ました。

「聞いた聞いた。コマちゃんが大変だ」

「畑をとられちゃうよ」

「どうしよう」

「畑を耕すとか言ってたね」

「うん、一日でだよ。とてもムリだよ」

「なあに、なんとかなるかもしれないよ」

「どうするのさ」

「それはね」

モグラのモクちゃんは、チロちゃんに手ぶり身ぶりで、話しました。

「なるほど、それなら、やれるかもしれないね」

「ようし、そうと決まったら、みんなを呼んで、手つだってもらおう。おーい。みんな、来ておくれようっ!」

モクちゃんが、大きな声で呼ぶと、となりの畑からも、その又、むこうの畑からも、沢山のモグラたちがやって来ました。

「みんな、聞いてくれ」

モクちゃんは、モグラたちに、今までのことを話し、力をかしてくれるようにたのみました。

「ふうん。そりゃおもしろそうだ。おれ、やるぞ」

「やる、やる」

「わたしもやる」

多くのモグラたちが、力をかしてくれることになりました。

「じゃ、今のうちに、畑中に穴を掘って、かくれてくれ」

モグラたちは、畑のあちこちに穴を掘って、かくれました。

しばらくすると、おくらの長者と伝松が、コマ吉をつれてやって来ました。

「コマ吉、この畑を見ろ。こんなに草ぼうぼうにしといてはいかん。これから、お前を働きものにしてやるで。明日の朝までに、この畑を耕せ。耕せなかったら、わしがあずかることにするで」

「えっ？　そら、ムリだ」

「何がムリだ。お前のためだ。明日までに、ちゃんと、耕すんだ。いいか。明日、又、見に来るからな」

おくらの長者と伝松は、帰って行きました。

「はあ。明日の朝まで？　とてもだめだ。おらあ、なまけもんだもの」

コマ吉は、しょんぼりと、畑のすみに腰を下ろしてしまいました。

その時でした。

畑の中から、声がしました。

「やあい。なまけ者のコマ吉やあい」

「やあい。のろまのコマ吉やあい」

「やあい。アホのコマ吉やあい」

声は、どんどん大きくなっていきました。

コマ吉がどこを見ても、誰の姿も見えませんでした。

「だれだ。うるさいな」

コマ吉が、よくよく見ると、畑の中で小さなモグラたちが、口々にコマ吉の悪口を言っているではありませんか。

モグラにまでバカにされたコマ吉は、とうとうがまんが出来なくなってしまいました。

「ええい！　モグラまでおらをバカにするか‼　こらあっ！」

とうとうコマ吉は、鍬をふり上げて畑の中に飛び込んで行きました。

「えい！」

コマ吉は、モグラめがけて、鍬を打ち込みました。

モグラは、ぱっと土の中にひっこんでしまいました。

「こっちだ、こっちだ」

すぐとなりに、モグラが顔を出すのでした。

「えいっ‼　まてっ‼」

コマ吉が、鍬を打ち込むたびに、モグラはぱっといなくなり、すぐとなりに、次のモグラがぴょこりと顔を出すのです。

「ここだよ」

「えいっ、まてっ！　こらっ！」

「こっちだ。こっちだ」

「えいっ！」

こうして、コマ吉は、モグラを追いかけて、畑の中を掘り返していきました。

やがて、月が出ました。

月の光の中で、モグラとコマ吉の追いかけっこがつづいていました。

とうとう朝になりました。

東の空が、明かるくなっていました。

「はあはあ、はあはあ。もうだめだ」

コマ吉は、汗びっしょりになって、畑の中にねころんでしまいました。

「コマちゃん、がんばれ！」

「コマちゃん、がんばれ！」

今までコマ吉をからかっていたモグラたちが、「がんばれ！」なんて言いだしたので、
コマ吉は、びっくりして起き上がりました。

畑の中から、沢山のモグラたちが顔を出して、口々に叫んでいたのです。

「コマちゃん、見てごらん」

「もう少しだよ。がんばれ‼」

コマ吉は、立ち上がって、畑の中を見回してみました。

なんと、すっかり掘り返されて、きれいになっていたではありませんか。

「わあっ。すごい‼　これ、ほんとにぼくが耕したのかい？」

「そうだよ。コマちゃんが、一人で耕したんだよ」

「うわあっ。すごい！」

「ほら、あと少しで、すっかり耕せるよ」

畑のすみに、少しだけ、まだ草の生えているところが残っていました。
「ようし！」
コマ吉は、残りの力をふりしぼって立ち上がりました。
そして、鍬を大きくふり上げ、力いっぱいふり下ろしたのです。
「よいしょっ！」
モグラたちが、一せいに声を上げました。
コマ吉が、鍬をふり下ろすたびに、
「よいしょっ!!」と、モグラたちが、かけごえをかけているうちに、それは、歌になりました。
「よいしょ、よいしょ、
コマちゃんがんばれ、
おくらの長者に負けてはいけない。
ここだよ、
こっちだ、
よいしょ、よいしょ。

よいしょ、よいしょ、
コマちゃんがんばれ、
力をあわせりゃなんでも出来るさ。
ここだよ、
こっちだ、
よいしょ、よいしょ」

とうとう畑は、すっかりきれいになりました。

「やった、やった。
コマちゃんやったぞ、
おくらの長者にとうとう勝てたぞ。
えらいぞ、
すごいぞ、

よいしょ、よいしょ」

モグラたちは、畑の中をとびはねながら、歌っていました。

お日さまが、東の空にのぼりはじめ、まぶしい光が、さあっと、きれいに耕された畑一面にさしこんできました。

「うわー、まぶしい」

モグラたちは、両手で目をおさえましたが、コマ吉は、その光にむかって、まっすぐ立っていました。

まっかになって光っているコマ吉の顔は、もう、なまけ者の顔ではありませんでした。

「コマ吉とモグラ」の種

一九五七年、私は、四年生を受け持つことになった。

このクラスの中に、トミちゃんという緘黙児がいた。

当時は、緘黙児などという言葉もなく、ただ、「喋らない。給食も食べない。何もしない」とだけ、申し渡されただけであった。

私は、このクラスのクラスづくりの目標の中心に「トミちゃんを元気にしてやること」を置いた。

トミちゃんは、「三年間口をきかない子」と、まわりからも見られ、本人も、そのように強く意識していて、決して殻を破ろうとはしなかった。

いつも、窓から外で遊んでいる友だちの様子を、ぼんやりと眺めているのだ。

「きっと、みんなと一緒に遊びたいのだ」

いつも、そんなトミちゃんを見るたびに、私の胸は、痛くなった。

文集「あんこ」を発行し、その中に、必ずトミちゃんの様子や、絵のことなどをのせて、子どもたちに、トミちゃんを意識するように仕向けた。

そのうち「トミちゃん、遊ぼ」などと、声をかける子があらわれた。

初めのうちは、なかなか応じなかったが、トミちゃんの出来る遊び、例えば「おにごっこ」や「ドッヂボール」などには、仲間入りするようになった。

でも、ドッヂボールなどでも、隅っこにいるだけで、ボールを取ることも、投げることもしなかった。

私は、ある子に、「トミちゃんに、ちゃんとボールを当ててやりな」と言ったら、「いいの？」とおどろいた顔をした。

「他の子と同じにしてやることが、トミちゃんをだいじにすることなんだよ」と言うと、彼女は、にっこり笑って言った。

「そうかあ」

それ以来、真っ先に、トミちゃんは、アウトにされた。

そのうち、ボールをよけるようになり、やがて、コートの中を逃げるようになった。

しかし、決して声は出さなかった。

そこで、私は、学級学芸会を計画し、全員出場を原則とし、グループごとに、寸劇をやらせることにした。

トミちゃんのグループは、四人で、一人はいつもトミちゃんを遊びに誘いに来る松江ちゃん。一人は、クラスの中のおどけ者のヨッちゃん。もう一人は、少しおとなしいカツちゃんだった。

このグループに、私は、パントマイムで、「ものまねザル」をやらせた。

体を動かすことには、トミちゃんも、抵抗がなくなったと判断したからだ。

当日、トミちゃんは、ものまねザルになって、ぼうし屋のしぐさをまねていた。ぼうし屋になったおどけ者のヨッちゃんは、「まねしてるな。へっ。ようし、こんなことできるか」と、ますますおかしなかっこうをするので、観客のクラスメートは、腹をかかえて笑っていた。

その時、低いけれど、こらえきれなくなったような笑い声がひびいた。トミちゃんだった。

いままでにぎやかだった教室が、一瞬、しんとした。これが、初めて聞いたトミちゃんの声だったのだ。

それ以来、トミちゃんは、ぐんぐん変わっていったのだが、みんなの前で、話したり、歌ったりはしなかった。

そこで、次に考えたのが、人形劇だった。

人形劇というのは、人形が演じるのだが、人形が演じるには、それを操っている生身の人間が、人形と一体となって演じなければならないのである。

今や、トミちゃんの最後の殻は、自分自身が見られているための抵抗ではないか、と思ったのだ。人形劇ならトミちゃんの体は見られないが、人形は演じ、人形が演じれば、トミちゃんも演じるということになる。

ふつう人形劇をやる時には、脚本をえらんで、その登場人物の性格や行動パターンなどを検討して、人形を作る。

しかし、私は、まず、勝手に人形を作らせた。

いろいろ苦労をして、人形が出来た。ただ、手を作るのが難しいので、手なしのビン人形という形をとった。

子どもたちは、早速、即興で、人形劇を始めた。様々な出来ごとや、ケンカのことなども人形で再現していた。

しかし、「手が動かないのはつまらない」と言いだした。

手を作るのは、四年生には大変だったので、あえて後まわしにしたのである。

ようやく手をつけて、ギニヨルになった。

三本指で操り、手も動くのだ。

そこで、子どもたちを集めて、一つひとつの人形の性格やら職業などを想像して話し合った。

「これは、おこりんぼだ」

「この人形は、泣き虫だよ」

「これは、へらへら笑ってるんだ」

それから、組み合わせをした。

「こいつが、いばってる奴で、これとこれは、へいへいって言うことを聞いてる奴」

「これ、まぬけでさ。ねんじゅうだまされて働かされてる奴だ」

「じゃ、こいつが、命令してる奴だ」

といったぐあいで、六つの班に分けられた。

一つの班が、六人から七人であった。

その日のうちに、それぞれの班で、あらすじらしきものと、人形の性格が大まかに決まった。

しかし、中には、最後まで、一体何ものなのかもわからないものもあって、それらは、人形の性格はもちろん、あらすじなど見当もつかなかった。

私は、それらをグループごとに箱につめ、家に持ち帰った。

そうして、人形とにらめっこしながら脚本を作った。

その中の一本が、「コマ吉とモグラ」だった。

トミちゃんたちのグループは、「バカのトン平」という脚本だった。

これは、イワンのバカが下敷となっていて、働き者で、全く欲のないトン平という男がいた。

トン平には、兄が二人いて、トン平は、その二人の兄に、様々な仕事をやらされるが、嫌な顔一つせず働いている。

ある時、トン平は、兄の言いつけを聞きちがって失敗をする。

それを根にもった兄たちは、「バカはいらない」と、追い出してしまう。

トン平のいなくなった兄弟は、飯一つ作れず、トン平のありがたさがわかって、トン平を探しに行く……という話だ。

ここにも、「トミちゃん、このクラスに、トミちゃんは必要なんだよ」という願いをこめたのだ。

このトン平をトミちゃんがやったのだが、一つのセリフも、私は入れなかった。

トン平は、兄に命令される度に、「うん」とうなずいて働く役だった。

それを、トミちゃんは、ちゃんと、やり通したのだ。

そうして、この「コマ吉とモグラ」には、「自分をだめだと思うな。やる気になれば、きっとやれる」というメッセージをこめたつもりだった。

わけのわからない人形たちは、「カビ」という人形劇にした。

一人のなまけ者で、全く部屋の掃除をしない男が、夢の中で、恐ろしいカビに襲われ、あわてて掃除をする話であった。（これは、私自身のこと）等、一晩で、五本の脚本を書き上げたら、夜が明けてしまった。

とうとう最後、一本だけ出来なかった。

人形と、どうにらめっこしてみても、何とも出来なかったのだ。特に、そのうちの二体は、人のようで、けもののようで、なんともわけのわからない奴で、私の限度をこえていたのだ。

仕方なく、五本の脚本を持って学校に行って、まず、頭を下げた。

案の定、このグループの子たちは、すごく、憤慨して、その日、自分たちで考えていた。

そして、私が、なんともしがたかった二体の人形は、「カッパだ」というのだ。

私は、「なる程。カッパなんて誰も見たことないものな」と、納得した。

しかし、それでも、なかなか脚本にならず、苦労した。（次の「カッパとごんた」の話へ）

「コマ吉とモグラ」、及び「バカのトン平」などを通して、トミちゃんは、大きく変わっていった。

教室の後ろに、常設の人形劇舞台を作り、即興劇などをやっていたが、そういう中に、トミちゃんもさそわれ、ついに、セリフを言えるようになったのである。

その後、トミちゃんは、学級会などで、掃除の組み分けの提案に、「不公平だ」「なんで、いい子組と、ばか組に分けるんですか」とか、「差別」と感じたことには、妥協しなかった。

それは、小さい頃から受けてきた自分への特別扱いが、トミちゃんには、「差別」と感じていたということなのである。

その後、この脚本は、『人形劇脚本集』（未来社）に収録され、「モグラブーム」を起こしたと聞いた。

帯広大学の人形劇サークルは、自分たちの劇団を「モグラ座」と称し、いろいろな所で、上演活動をして歩いたと報告を受けた。

何はともあれ、「コマ吉とモグラ」や「バカのトン平」などの人形劇が、様々な所で、様々な子どもたちに受け入れられ、いろいろに影響を与えてくれたことは確かのようだ。この時代、東京の王子に拠点を置いていた「人形座」という劇団が、学校公演をつづけていて、我が校にも、毎年やって来てくれていたことも、この仕事をやれた大きな助けとなっていたことを付記しておく。

（ただし、「バカのトン平」は、後に差別用語とかで排除された。この「コマ吉とモグラ」も、実は人形劇の脚本で書いたものだが、今回は、お話として書いてみた。）

人形劇

カッパとごんた

◇中学年用◇

とき　　　　　むかし　むかし

ところ　　　森の中

出てくるお人形

青ちゃん（かっぱ）

赤ちゃん（かっぱ）

ごんた

お母さん

子ども

村人1、2、3、4

旅の人

ホーホーとふくろうの声がして歌となる。

〽むかしむかしのことでした。
森のしげみのそのおくに
小さな沼があったとさ。
「沼の中にはおくびょうな、
二匹のかっぱがおったとさ」
〽それはある日のことでした。
風がからころ葉をおとす
静かな秋のことでした。

小鳥の声と共に幕が開くと、舞台中ほどに沼らしき草やぶ、土手よりに太い木が立っている。沼の中から赤ちゃんが顔を出してあたりを見まわす。

赤ちゃん　おい、青ちゃん。誰もいないよ。出ておいでよ。

青ちゃん　ほんとうかい？（顔を出す）

赤ちゃんは沼から出て来る。つづいて青ちゃんも舞台の前の方へ出て来る。

赤ちゃん　あゝあ、（のびをして）たまにはこうしておてんと様にあたらないと、もう寒いや。

青ちゃん　うん、寒いね。あゝあ、いい気持ちだ。

赤ちゃん　ねえ青ちゃん。ぼくたちはどうして水の中にばかりもぐっていないといけないのだろうな。

青ちゃん　おい、赤ちゃん。そんなことがわからないの。人間様がこわいじゃないか。

赤ちゃん　あ、そうか、（急に耳をすますようす）――おい青ちゃん、何か聞こえたか。

青ちゃんも耳をすます。

青ちゃん　あっ、あれは人間の足音だ。

赤ちゃん　にげろ、にげろ。

青ちゃん　つかまったら大変だ。

二ひきは急いで沼の中へ入って行く。歌の後半下手からごん太出る。

〽二ひきがかくれたそのあとは

木の葉さやさやなるばかり
静かな風があるばかり
「そこへ来たのはいたずらで
村いちばんのこまり者だ」

ごん太　〽おれはごん太郎あばれ者、
今日はここらでいたずらだ。

誰にも知られずやって来た。

ごん太は舞台中央で立ちどまる。

へへへ…今日はおもしろいことをしてやるぞ。こうしてな、木のかげから——やいかっぱだぞ——とやったらみんなおどろいて腰をぬかすにちがいない。

……誰かやって来ないかな……（下手を見て）ああ、来たぞ、来たぞ
（木のかげにかくれる）

下手からお母さんと子どもが出て来る。

子ども　ね、お母さん、わたしつかれちゃった。おじさんの村はまだ遠いの。

母　ええ、この森をぬけたむこうよ。

子ども　ねえ、この辺で一休みしようよ。もう足がいたくて歩けない。

母　でもこんな森の中にいつまでもいると何が出て来るかしれないよ。

子ども　でも、もうとても歩けない。（木の根方に腰をおろす）

母　じゃ、ちょっとだけよ。こんな森の中で日がくれたら困るものね。

子ども　だからちょっと休むだけ。お母さんもここに腰をおろして。

母　はい、はい。（ならんで腰をおろす）

ごん太が木のかげからおめんをつけてとび出す。

ごん太　ケケケケ……沼のかっぱさまだぞ。

母子ども　キャーッ。

お母さんと子どもは下手へにげて行く。

子ども　かっぱが出たよう。

母　たすけてえ。

ごん太　ハッハ……ああ、ゆかい、ゆかい。ころがるようにしてにげて行くぞ。ハッハ……歩けない子が走っているよ。ハッハハ……。

旅の人　ああおかしい。もっとやってやろう。こんどはどうやろうかな。そうだ。もっとうまくおどかしてやろう。早く誰か来ないかな。(上手を見て)あ、来た来た。見なれぬやつだ。旅のものだな。ようし。(木のうしろへかくれる)

そこへ上手から旅の人が出て来る。

ごん太の声　あゝあ、つかれた。急いだのですっかりあせをかいてしまった。ここらで一休みとしようか。どっこいしょ。(木の根方へ腰をおろす)

木のかげからごん太の声がする。

旅の人　へへへ、もしもし。

ごん太の声　だ、だれだ。

旅の人　ケケケ、わしはこの沼のかっぱ。

ごん太　ヒャーッ、かかっぱ(とび上がりふるえながらにげようとする)

旅の人　さあ、おへそをよこせえ。

ごん太　ウヒャーッ、おたおた、おたすけえ(下手へ走って入る)

ハハハハ……にげて行く、にげて行くあのかっこうたらないや。

赤ちゃん　ハハハ……ゆかいゆかい。……さあて、そろそろ日がくれる。
また、あしたやってやろう。そうだ、おれもかっぱにおどかされたよう
にして走って行こう。かっぱだあ。かっぱが出たよう。たすけてくれえ
（下手へ）
沼の中から赤ちゃんが顔を出す。
青ちゃん　おい、青ちゃん、もう行ってしまったよ。（前へ出て来る）
赤ちゃん　あゝあ、おどろいたなあ。（出る）
青ちゃん　ね、それより、こまったことになるぞ。
赤ちゃん　どうしてだ。
青ちゃん　だって、人間たちがぼくたちのいたずらだと思って、きっとつかまえに
来るよ。
青ちゃん　えっ、おい赤ちゃんどうしよう。こまったなあ。
赤ちゃん　こまったなあ。
二ひきは考えこむ。
青ちゃん　そうだ、いいことがある。

赤ちゃん　なんだ。

青ちゃん　ぼくたちがいたずらしたのじゃないよって、人間のところへ知らせに行こうよ。

赤ちゃん　おい青ちゃん、そんなことをすればぼくたちほんとにつかまってしまうよ。

青ちゃん　あっ、そうか。

赤ちゃん　ね、それよりね、二人であのわるいごん太をこらしめてやろうよ。

青ちゃん　えっ、ぼくこわいな。

赤ちゃん　青ちゃん、元気出せよ。いいかい。（ないしょばなし）

青ちゃん　うん、うん、よしわかった。ゆうきを出してやるよ。

赤ちゃん　力を合わせればきっとやれるよ。

青ちゃん　あしたがたのしみになってきた。

赤ちゃん　さ、それじゃあ、もうやすもう。

ふくろうの声、二つ、三つ、

〜二ひきのそうだん出来ました。

夜はことことふけました。
たのしい夢があったとさ。
「そうして夜があけ昼となり
また、また、ごん太がやって来た」
〽何も知らないごん太郎
今日もいたずらしようとて
一人で森へやって来た。

ごん太があたりを見まわしながら歌に合わせて出て来る。

ごん太　きのうは、おもしろかったわい。村じゃあカッパのさわぎで大へんさ。おらあおかしくておかしくてたまらないや。きょうはもっとうまくやってやるぞ。さあて誰か来るまで一休みだ（腰をおろす）

沼の中から赤ちゃんと青ちゃんが顔を出してうなずき合う。青ちゃんはそっと上手おくへ入る。

赤ちゃん　ごん太（呼んで首をひっこめる）

ごん太はあたりを見まわす。

ごん太　誰かおれを呼んだようだが……はて。
赤ちゃん　ごん太。
ごん太　誰だ。おれを呼ぶのは誰だ。（立ち上がる）
赤ちゃんの声　ごん太。……ごん太。
ごん太はあたりを見まわしながら、だんだん沼の方へ近づいて行く。
上手から青ちゃんが木のかげへそっとかくれる。
ごん太　誰だ、出て来い。このごん太様のつよいところをみせてやるぞ。
ごん太が沼のふちへ立った時、青ちゃんがうしろへ近づいて、どんと沼の中へつきおとす。
青ちゃん　ええい。
ごん太　ワァッ　（沼の中へおちる）
青ちゃん　そうれやったぞ。赤ちゃんがんばれ。（沼の中へとびこむ）
赤青の声　えい、こら、いたずらぼうず。いたずらやめろう。えい、えい、えい。
〽水がつめたい秋の沼、
いくらごん太がつよくても、

かっぱにゃとてもかなわない。
「わあい、たすけてくれえ、
もういたずらはしないよう」
〽ごん太はとうとう　あやまった
沼におぼれて　なきながら
いたずらしないとあやまった。

赤ちゃんと青ちゃんが沼の中からごん太をかついで出て来る。

赤ちゃん　よいしょ、よいしょ。

青ちゃん　よいしょ、どっこいしょ。（おろす）

赤ちゃん　よほどおどろいたとみえて気を失ってしまったね。

青ちゃん　少しかわいそうだね。

赤ちゃん　うん、ちょっとかわいそうだね。さあ、これからどうしよう。

青ちゃん　これからが大切だよ。こんどこそ本物だなんて、しかえしに来られたら大変だよ。

赤ちゃん　そうだね、うん、よし、それじゃあこうして、どっこいしょ。

青ちゃん　（木の根方へごん太をねかせて）これでこの木へわけを書いておこう。
赤ちゃん　うん、うん、それはいいね。
青ちゃん　赤ちゃんは紙に何やら書いて、木にはる。
よしよし、これでよし。さ、青ちゃんようすを見てみよう。
よしきた。
二ひきは沼へ入って行く。
〽そこへ人びとやって来た。
はなしを聞いてやって来た。
かっぱをたいじにやって来た。
下手から村の人たちが手に手に棒をもって出て来る。
旅の人もいる。
村人1　このへんかね。旅の方。
旅の人　ええ、あの木のところで……ケッケケ、かっぱだあっと……
あわわわ、おらあこわくなったあ。
村人2　かっぱのはなしなんぞ聞いたこともないが……。

旅の人　でもたしかに見たんですよ。
村人3　あゝあ、おらもなんだかいやになったな。
村人4　おいおい、しっかりしろ。
（村人1、立ちどまる）
村人1　おい、誰かいるぞ。（木の根方をさす）
みんな　えっ、
旅の人　うわってでたっ。（にげ出す）
村人3　こわいようっ。（にげ出す）
村人4　ええい、いくじなしめ。（おしとめる）
村人1　なんだ、ごん太だ。
村人eq4　なに。ごん太？（近よって行く）
村人1　びっしょりぬれて気を失っている。
旅の人も近よって行く。
村人2　おや、こんな所に何か書いてあるぞ。なになに――この男、かっぱのまねをして、通る人をおどかしたのでこらしめました。

村人3　かっぱはいたずらなどしませんよ。——だってさ。
旅の人　なあんだ。ごん太のしわざか。
村人4　ああ、そう言えばこの人です。
村人1　まったくしょうがないごん太だ。
おい、ごん太、ごん太、——まてよ、それにしても誰がごん太をこらし
めたのだろうな。
村人2　そうだ。もしかすると、
村人3　もしかすると？
村人1　本物のかっぱかもしれない。
村人3　ひゃあっ（にげ出そうとする）
村人4　こら、よわむし。まてまて、ごん太を起こして聞いてみよう。
村人2　おい。ごん太、ごん太（ごん太をゆする）
ごん太　ううん（気がついて）たすけてくれえ。
村人1　どうしたごん太。
ごん太　かかかっぱだあ。

村人2　いたずらがっぱはおまえじゃないか。
ごん太　かっぱのまねをしたのはおれだ。でもおれは本物のかっぱにやられたんだよ。いたずらやめろって。
村人1　そうか、やっぱりそうか。それでわかった。かっぱのまねをして人をこまらせたりするから本物のかっぱ様がおまえをこらしめたんだよ。
村人2　どうだごん太。これでいたずらもなおるかな。
ごん太　ああ、いたずらはもうこりごりだよ。
（みんな笑ってしまう）
旅の人　わたしをおどかしたのも、お前さんだな。
ごん太　ああそうでした。ごめんなさい。へへへ。
（また、みんな笑う）
村人3　おい、みんな。もう帰ろう。
村人4　帰ろう。
村人1　その前にかっぱ様においを言って行こう。おおい。かっぱ様よう。これで、ごん太のわるいいたずらがなおりましたよう。

みんな　ありがとうよう。
〽空は夕やけ日がくれる。
みんなそろって帰ろうよ。
平和な森の夜が来る。

赤ちゃんと青ちゃんが沼の中から顔を出して見送る。

赤ちゃん　よかったなあ。
青ちゃん　ほんとによかったなあ。
〽月もそろそろのぼるだろう。
そして　ニコニコ　笑うだろう。
こんなおはなしあったとさ。
こんなおはなしあったとさ。

カッパとごんた

作詞　石塚真悟
作曲　根岸千里

「カッパとごんた」の種

この脚本は、前記「コマ吉とモグラ」などを書いた翌日に書いたものだ。
一晩で、六本の脚本は、徹夜をしても書けなかった。
それに、この最後の人形のグループから、何かを連想するのは、難かしかったのだ。
思っていたとおり、このグループの子どもたちに、厳しく非難されてしまった。
そして、子どもたちは、自分たちで、集まって、何やら話しはじめた。
「これ、カッパみてえだよな」
「これ、いたずらものか、わるもの」
などと言いながら、簡単なあらすじを作ってしまった。
私は、それを持ち、人形たちを持ち、家へ帰った。
しかし、なかなか話にならなかった。
どうもありきたりで、面白くない。
「ああ、種がつきた」などと言いながら、ゴロゴロしていた。

そのうち、一人の男の子のことが思いうかんできた。

このカッパみたいな、いたずら者みたいなわけのわからない人形を作った子である。

キヨちゃんという子で、全く憎めないいいたずらっ子だった。

変なこともするので、女の子たちには、嫌われていたが、当人は、全くあっけらかんとしていた。

時々、「センセー、助けてえ」などと言って、抱きついて来るので、こちらが、「おお、どうした」と言って、受けとめてやると、「ヒラタが追っかけて来るう。助けてくれえ」などと言いながら、顔をこすりつけて来るのだ。

しばらくして、「えへへへ……」と、笑いながら逃げて行くので、「あっ」と思って服を見ると、べったりと鼻汁がつけられているのだ。

「こらあっ！　まてえっ！」と、追いかけようとすると、「へへーっ。やったやった。へへへへ……」と、おどけるのである。

遠くから、友だちの頭に、チョークのかけらをぶっつけてみたり、友だちの履物をかくしたりして、みんなが大さわぎするのを見て、にやにやしているのだ。

こういう子は、どこのクラスにも、一人や二人はいたものである。

私は、これを題材にしようと思った。

しかし、それをストレートに作品には出来ない。

それで、子どもたちが、「カッパ」と見たてた二つの人形をもとにして、「カッパとごんた」の簡単な脚本を作った。

脚本に、こういう苦労をするのは、初めてだった。

脚本を持って学校に行くと、子どもたちは、大喜びで、すぐに役ぎめをして、人形を動かしていた。

その後、要請されて、前橋の群馬会館で上演することになり、子どもたちに相談した。

「どの話を出すか」

子どもたちは、迷いもなく、

「カッパとごんた」と、言った。

なぜだろう。

私は、「コマ吉とモグラ」になると思っていたが、子どもたちの殆どが、「カッパとごんた」を支持したのだ。

その後、歌ですすめるように脚本を書き直し、作曲は、時の校長、根岸千里さんに頼んだ。

こういう時、根岸校長はよく言った。

「石塚君、自分で作る方がいい。石塚君の弱点は、そこだけだ。音楽が出来たら鬼に金棒なんになあ」

しかし、私は、これは、小さい時からの誓いだとか言って、逃げていた。

その理由などについては、ここでは控えておく。

後に、ふつうの劇にして、玉村小学校の学芸会で上演したり、最後には、全県の先生方の文化祭で職員劇として公演し喝采を拍したこともあった。

しかし、この脚本だけは、どこの出版社からも採用されなかった。

やはり、ぱっとひらめいて出来た話と、ごたごたとひねりながら作ったもののちがいなのかな、などと思った。

リズム構成

青アマ、赤アマ

◇低学年用◇

ナレーション

昔々、南の方の青い青い海の中に、小さな島がありました。その島は、まるで、みどりの宝石のように、ゆたかな木々におおわれていました。

島の人々は、人よりよいくらしをしようなどと思う者もなく、とった木の実やくだものや魚などは、みんなで同じように分けて食べ、共に歌い、共に踊って、楽しくくらしていました。

この島が、宝石のように美しかったのは、島の人たちが、昔から伝えられた約束事を、堅く守ってきたからでした。

それは、「ムダに、木を伐ってはならない」「海をよごしてはならない」そして、「必要以上に、魚をとってはならない」というものでした。

〈場面一〉　楽しい島のくらし
音楽　〈はじまりの朝〉姫神（千年回廊）
ナレーション　そんな島に、ある時、一人の男がやって来て、「島の木を売ってくれないか」と、言ったのです。
島の人たちは、初めは、「ダメだ」と首を横にふりました。
すると、男は、大きな箱をあけて、「これで、どうだ」と、言いながら、ニヤリと笑ったのです。
その箱の中には、金銀、財宝が、どっさりと入っていて、キラキラと、光っていました。
島の人たちは、目もくらむような宝ものに心をうばわれ、「少しくらいならいいだろう」と、売ることにしてしまったのです。
島の人たちは、この宝物で、おいしいものやお酒を買い、次第になまけ者になっていきました。
〈場面二〉　なまけものになった島の人々
音楽　〈御願不足　うぐわんぶすく〉リンケンバンド（ゴンゴン）

ナレーション　そうして、島の人たちが、お金をすっかりつかいはたしたころ、あの男
が、島の木を伐りに来たのです。
男は、雲にのって、空からあらわれました。
「ウオーッ。木を伐りに来たぞーッ!!」
男は、美しい自然をくらう妖怪《ようかい》だったのです。
妖怪は、大きな木をねこそぎひきぬいていきました。

〈場面三〉　木をひきぬいていく妖怪

音楽　〈斉天大聖孫悟空〉　前野知常（西遊記）

ナレーション　妖怪が去ったあとの島は、丸はだかのみじめな姿になってしまいました。
雨がふると、赤土が海へ流れだし、海を汚しました。美しかったサンゴ
は死にはじめ、魚もとれなくなりました。
しばらく雨がふらないと、地面はひびわれ、木の実どころか、すべての
食べものが、とれなくなりました。
美しい川の水もすっかりかれてしまいました。
「助けてください」

「どうか、助けてくださーい」

音楽　〈クロマティック〉ヴァンゲリス（野生）

人々は、どうすることも出来ず、つかれはてて、赤い大地に、倒れこんでしまいました。

その時、一人の老人が立ち上がって話しはじめました。

「昔の人が、言っていた。海の底には、アオアマ、アカアマという生きものがいて、わしらを見守っているのだそうだ。そのために、海を汚してはいかんのだ。だが、わしらは、海を汚してしまった。アオアマ、アカアマがゆるしてくれるかどうかわからないが、アオアマ、アカアマに助けてもらうしかないだろう」

「おじいさん、アオアマ、アカアマって、本当にいるの？」

「さあ、それはわからない。でも、今はおねがいするしかなかろう」

「そうだ。おねがいしてみよう」

〈場面四〉島人とアオアマ、アカアマ

音楽　〈アオアマ、アカアマ〉姫神

ナレーション　海の底からあらわれた沢山のアオアマ、アカアマは、島にあがって来ると、口から草や木の種をまきちらしました。

〈場面五〉

ナレーション　種をまき終わると、アオアマ、アカアマはかわいた大地におおいかぶさりました。すると、どうでしょう。そのからだはすきとおった美しい水となり、大地にしみ入っていったのです。それは、新しいいのちとなって大地にみちみちていきました。種は芽を吹き、島はみるみるみどりにそまっていきました。

〈場面六〉

〈風のマント〉姫神（イーハトノヴォ日高見）

ナレーション　それからのち、人々はむだに木を伐ったり、川や海を汚したりしませんでした。島はいつまでも、みどりの宝石のようでありました。

私たちの地球も、宇宙からみれば、一つの小さな島なのでしょう。美しいままで残してほしいと思います。

その美しい水と大地の上で、私たちも美しく育ち、生きていきたいと思います。

〈場面七〉 退場

音楽 〈風の彼方〉 姫神 (神々の詩)

「青アマ、赤アマ」の種

昭和四十年代だったろうか。何気なくテレビを見ていると、フィリピンのマニラのゴミの山の中で、カンやビンを拾い集める子どもたちの姿が映しだされた。

新しいゴミ収集車が来ると、子どもたちは、われ先にと後を追った。収集車が、ゴミをぶちまけると、子どもたちが群がって、ゴミをかき分け、カンやビンを探すのだ。

どの子の眼も血走っていた。

やがて、日がくれて、あたりが見えなくなると、子どもたちは、カンやビンの入っている袋を下げて家路につく。

ところが、その家は、ダンボールで作られた粗末なものであった。

そんな家が、ゴミの山の中に無数にあった。

ある家には、やせおとろえた老婆がいた。

ある家には、病人のようになった父親がいた。

ナレーションが入る。

「このゴミの山でくらす人たちは、数年前までは、みどりにおおわれた島で、平和にくらしていたのです。

ところが、五年程前、この島の木を、日本の企業が買いとり、ことごとく伐り出してしまったのです。それ以来、雨が降れば、土が海に流れ出し、雨が降らなければ、土はカチカチに堅くなり、作物は、何一つ作れなくなってしまったのです。そうして、その島では、生きられなくなって、大都市マニラに仕事を求めてやって来たのです。しかし、小さな島で、のんびりくらしていた人々にとって、都会でやれる仕事などあるはずもありません。人々は、仕方なく、このゴミの山にダンボールの小屋を作り、ゴミの中のカンやビンを売ってくらしているのです」

その子どもたちの必死な表情が、心にずっと残っていた。

それから十数年たったある日、インドネシアの島々の話が放映された。

そこは、小さな島々が点在する所で、その中の一つの島には、井戸があるというのだ。

こういう小さな島々の飲み水は、雨水をためておくのがふつうであるが、珍しく、この島には、井戸があったのだ。

そして、その島の大切な掟が、「木を伐ってはならない」というのである。

家を造るので、木が必要な時には、他の島から買ってくるというのだ。

だから、他の島からは、水を買いにくるのである。

この二つの話が、融合したのが、アオアマ、アカアマであった。

リズム構成

ごんごろ山の鬼

◇低学年用◇

場面一〜入場

村人1　「おうい　こんもり山さいくぞ！」

村人2　「木を切り出すぞ！」

村人たち　「おうっ！」

曲①　風祭　姫神

村人1　「よう切ったなあ」

村人2　「木が　なくなって　しもうた」

村人3　「こんもり山が　ごんごろ山に　なって　しもうたなあ。きりかぶと石ころだらけじゃあ」

場面二　鬼

鬼の効果音　《霊感の館から一部　ヴァンゲリス》

村人1　「おい　あれ　なんだべ？」

村人2　「ひゃあ！　おにだ！」

村人たち　「たすけてえ！」

ナレーション　木がなくなった　こんごろ山に　いっぴきの　おにがすみついた。

山にはいったものはみんなおににくわれてしまうという。

山にはだれもはいれなくなった。

場面三

こうずいの効果音《効果音全集から⑮ゆうだち》

ナレーション　雨がふるたびふもとのむらではこうずいがおきた。

村人1　「こまったなあ」

じさま　「山に木があったらこうずいなどおこらんのじゃ」

村人2　「じいさまあ、そりゃそうだが山に木をうえるなんぞ、とてもむりじゃ……」

村人たち　「おににくわれてしまう……」
場面四　じいさま
じさま　「わしゃ、くわれてもええ。木をうえにいくぞい」
ナレーション　じいさまはなえ木をせおうと、こんごろ山へのぼって行った。
曲②　遠山の金さんから　遊び人　金さんのテーマ
場面五　なえ木
鬼の効果音
鬼　「だれだあ！　おれさまの山に入ってくるやつは！」
じさま　「やあ！　おにどん。わしはこの山に木をうえにきたんじゃ。山を木でいっぱいにしたいんじゃ。こうしてなえ木もかついできた。わしをくうてもいいが、木をうえおわってからにしてくれい」
鬼　「おかしなじいさんだ。まってやってもいいがきっとくうからな」
ナレーション　じいさまはくわをふるってなえ木を一本ずつうえはじめた。
曲③　KYARA　センス
曲中ナレーション

鬼　「おい、じいさん。はやくせんかい！」

ナレーション　ひと月たち、半年たち、やがて一年。じいさまはますますせいをだし、たのしそうに木をうえた。

鬼　「なにがそんなにたのしいんだ。おれにくわれちまうっちゅうのに！」

じさま　「この山にもようやくみどりがもどる。そうなれば村のもんはこうずいのしんぱいをせんでええ。山からいい水がきて田も畑もいまよりずっとようみのるんじゃ。山にけものももどってくるし……そりゃあいい村になる。なんともうれしいことじゃろが。のう」

鬼　「ふうん、そんなもんかのう。そんならわしにもやらしてくれや」

じさま　「ほう、おめえもうえたくなったんかや。そんならうえさしてやるべえ」

曲③　続き

場面六　退場

村人1　「おにとじいさまがなかよう木をうえとる！」

村人2　「あのおに、ええおにになったんかのう」

村人3　「二人ともたのしそうじゃ」
村人4　「わしらもうえに行こうかのう」
村人たち　「ようし、行くべえ！」

曲④奥の細道　姫神

場面①　木を切る仕事の歌

みんな行こう　木を切ろう
行こう　行こう　行こう
みんな　斧をかつぎ
行こう　行こう　行こう

場面④　じいさまの歌

あの丘この谷に
苗木をいっぱい植えよう
あの丘この谷
苗木をいっぱい

あの丘に花咲かそう

場面⑤　苗木を植える歌

かわいい小さな苗木たち
育って大きな森になれ
（くりかえし）
大きな大きな木になれよ
それのびてゆけ、のびてゆけ
大きな大きな木になれよ
それ木になれよ

あの丘この谷に
苗木をいっぱい植えよう
あの丘この谷に
苗木をいっぱい

あの丘に花咲かそう

場面⑥　みんなで木を植える歌

さあ行こう、さあ木を植えよう
なんともうれしいことばかり
(くりかえし)
森になれ、森になれ、いい水いい川流れるぞ
森になれ、森になれ、あっちもこっちも森になれ
植えろよ〝のびろよ〟植えろよ〝のびろよ〟
こりゃあたまげた、大きくなるぞ。ずんずんずんずん大きくなれ!
田んぼも畑もよく実れ。さあ、植えろや植えろや。ああ、楽しいな
(くりかえし)
こりゃあたまげた、大きくなるぞ
こりゃあたまげた、大きくなるぞ
ずんずんずんずん大きくなるぞ
ずんずんずんずん大きくなれ!

田んぼも畑もららら、よく実れよ、楽しいな楽しいな
（くりかえし）
森になれ、森になれ、いい水いい川ららら
森よ、森よ、いい水いい川ららら

「ごんごろ山の鬼」の種

娘が、五歳の頃、車で榛名山へ行った。
榛名湖に着く前、道が、しばらく平らになった。
その道の左に、丸石が高く積み上げられた所があった。
「あっ、これ、ごんごろ山だよ。鬼が棲んでるんだよ」と娘が叫んだ。
〝なる程、ごんごろ山か……。面白い言い方をするものだ〟と思った。
しばらく行くと、榛名湖に着いた。湖のむこう側の山々は、みどりの木々でつつまれていた。

「あっちは、こんもり山だね」と娘が言った。

それだけのことであった。

勿論、それが、すぐに作品になるわけがない。

それは、音楽との出合いがないからである。これは、二〇〇四年のことだから、娘が話したことから考えると、二十八年も過ぎてからのことになる。

二十八年も、そのことを考えているわけもない。

ただ、このままいくと、「アマゾンのジャングルさえ、百年後には砂漠になる」とか、「中国やアフリカ、ヨーロッパの地中海沿岸も、砂漠化が始まっている」とか、地球温暖化によるものや「木を伐採しすぎて、再生が難かしくなった」とかの声を聞くようになった。

子どもたちの未来を憂えなければならないことばかり多くなってしまった。

こんな中で、この年も、作品づくりに苦しんでいた。

様々なＣＤを買い込んで聴いていた。

ある時、「遠山の金さん」のＣＤを「どうせ、ないだろう」と思いながら、買ってみた。

聴き始めて、「やっぱりないか。あたりまえだよな」などと思いながら、ＣＤを換えようとした時、なんとも楽しげな曲が流れはじめた。

「え、まてよ。……これ、面白い」

聴いているうちに、ほろ酔い加減のじい様が、にこにこ笑いながら歩いている様子が浮かんできた。

そこでは、まだ、作品にはつながらなかった。

その後、姫神の風祭に出合った時、「こんもり山」が「ごんごろ山」になってしまう話につながったのである。

「鬼のいる山に、木を植えに行く」ということを、自己犠牲とか、決死の覚悟とかにしてしまっては、いけないように思ったのだ。

自分の仕事が、未来をひらいていく。それが、自分の中で夢のようにふくらんで、楽しくて仕様がない。

そうありたいと思ったし、そうあるべきなのだと思っていたのである。

又、それこそが、教師の仕事なのだと思うのだ。

それは、自分自身のことでもあった。

とにかく、私は仕事が楽しくてならなかった。

たとえ、他人のためにがんばり、何の礼をされなくても自分が楽しくてならない。それが、生き甲斐になる。

子どもたちと学ぶにも、まず、自分が楽しくてならないようにやっていく。その結果、子どもたちも楽しく学ぶようになる。

この話に、私は、私の教育の根源（原則）のようなものを背骨として、構成したのである。

今は亡き、千葉の藤森さんが、「この『ごんごろ山のおに』や、『アオアマ、アカアマ』の、じいさまやアオアマやアカアマは自己犠牲の精神ですね」と言った時、「いや、自己犠牲なんて思っていないんです。じいさまは、木を植えることで、自分の頭の中は、未来のこんもり山が甦って、きれいな川で遊ぶ子どもたちや魚やうさぎなどが浮かんできて、嬉しくてたまらないんです。アオアマ、アカアマも、死ではなく、再生なんです。それによって、再び、海が美しくなることが、嬉しいんです。だから、自からすきとおる水になるんです」

藤森さんは、「ああ、そうなんですね」と大切なことに気づいたようであった。

この話の種は、娘が三十年近く前に言った言葉と、教師とは、こうあってほしいという願いをつなげたもののように思う。

いろいろと言われてみると、自己犠牲という点から言うと、宮沢賢治の『よだかの星』や『グスコーブドリの伝記』などとは少し異なっているように思う。

私にも昔の頃、そういう一面もあって、他人のために力をつくしてしまったのだ。

ただ、そういう時には、どこかに悲愴感があって、苦しいし、終わった後、淋しくなった。

そういう時代から、次第に子どもたちや他人に対して働いたり、苦労したりすることを楽しめるようになっていったのだ。

自分が楽しくなければ、他人も楽しくない。

そう思えるようになれたことを嬉しく思っている。

リズム構成を民話風に

石くれ山

◇低学年用◇

むかしむかし、北の方の山のふもとの村に、「石くれ山」と呼ばれる小さな石だらけの山があった。

その山は、夜になると、泣くのだそうだ。

泣いているのは、長者さまだそうだ。


そのまたむかしむかし、この辺に、大変欲ふかな長者さまがおった。

沢山の下働きの百姓をかかえ、沢山の田畑を耕やさせていた。

お百姓さんたちは、小作人と言われ、長者さまから借りた田や畑で作物を作り、その借りた田や畑の広さによって、出来たものを納めるきまりだった。

そのきまりが、あんまりきついものだから誰も彼もやせほそっていた。

自分で食べ物を作っているのに、お百姓さんは、ろくに食べることも出来ず、しまいには、草の根や松の木の皮などをかじって、やっと、生きていた。

そんな中、いつも食べるものにも困らず、いつもにこにこしながら悠々とくらしているじいさまとばあさまがいた。

二人は、人一倍の働き者だった。働くのが好きだった。

「なあ、ばあさんや、今日もよう働いたのう。ほうれ、もう星が光りだしたで……」

「おお、おお、一番星が、よう光っとるでのう」

「そろそろ帰るかのう」

「そうするかのう」

二人は、いつも一緒に働いた。

そんなわけで、じいさまとばあさまの畑は、何を作ってもよく出来た。

芋を作れば、大きな芋がどっさりとれた。

米を作れば、重たい稲穂がずしりと実った。

だから、長者さまに決まりの作物を納めても、じいさまとばあさまは、食べるのに困らなかったのだ。

そんなじいさまとばあさまの畑が、欲ふかな長者さまは、惜しくなってしまった。

ある日のこと、長者さまは、じいさまを呼び出して言った。

「じいさま、あの畑を返してもらうぞ」

「えっ？　そんな……では、わしらはどうすれば……」

「お前らには、石山の北の土地をくれてやる。耕せるだけくれてやるぞ」

「へっ⁉　石山の北⁉……あそこは、石だらけで、とても物は作れませんで……」

「何言っとるか。みんなわしの土地だで、わしが決めることに不服があるか」

「へェ、でも……」

「つべこべ言うな。もう決めたことだ」

じいさまは、しょんぼりうなだれて、家に帰った。

家では、ばあさまが心配して待っていた。

「じいさま、どうだったね」

「はあっ……」

何を聞いても、じいさまは、「はあっ」とためいきばかりだ。

夜になって、やっとじいさまが話し始めた。

「実はな……はァっ……」

じいさまは、溜息をつきつき、畑をとりあげられたことを話した。

「えっ⁉　それじゃ、わしらはどうなるんじゃ」

「それで、石山の北を耕せって言われてな」

「え、石山の北……そんな、……あそこは、石ばかりの……」

「そうじゃ。……でも、どこも長者さまの土地。言うことを聞くしかあるまい」

次の朝早く、じいさまとばあさまは、石山の北に向かった。

石山という一つの山をこえた向こうがわだ。

ようやく石山の北についた。

そこは、何も生えていない石の原だった。

「ひゃーっ」と、ばあさまは、声を上げて、腰をぬかした。

どこまでもどこまでも、見わたすかぎりの石の海のようであった。

「こりゃあ、どうにもなんねえ」

じいさまは、自分の頭ほどの石を一つ持ち上げて、どけてみた。

でも、その下も石だった。

その下も、その下も石だった。

「どこまで行っても石じゃねえか」

「こんなとこが、畑になるんかい、じいさま」

「そうじゃなあ。……それでも、やるしかあるまい」

じいさまとばあさまは、その日から、石をかかえては、一つ、一つと運んだ。

でも、その下も石だった。その石も、一つ一つとどかしていったが、いつまでも、土はあらわれなかった。

じいさまもばあさまも、汗を滝のように流していた。

とうとうばあさまは、涙も枯れた。

じいさまとばあさまは、石の原の上にたおれてしまった。

月が出た。

まんまるな月が出た。

じいさまもばあさまもつかれて、ぐっすり眠っていた。

月が、真上にのぼった頃、じいさまとばあさまの汗をどっぷりと吸った石が、ごろりと動いた。

ごろり、ごろり、ごろごろ。

石たちは、ごろごろところがりながら、石山をこえ、川をこえて行進していった。

やがて、石たちは、長者さまの大きな屋敷にやって来た。

ごろり、ごろん。

ごろり、ごろん。

石たちは、長者さまの屋敷を囲んで、どんどん積み上がっていった。

やがて、石は、大きな屋敷の屋根よりも高くなった。

それでも、石たちはやって来た。

石の中で、ガランガラガラと凄い音がした。

長者さまの屋敷が、石におしつぶされたのだ。

それでも石がやって来て、上へ上へと積み上がった。

そうして、月が沈むまでに、石だけの山になった。

じいさまとばあさまが、目をさましてみると、石の原の石たちが、ほとんどなくなっていた。

その後、この石の山の中からは、泣き声がするようになったのだと言う。それは、石につぶされた屋敷の中で泣いている長者さまの声だと言う。欲ふかな長者さまのいなくなったこの村は、じいさまやばあさまを見ならって、みんなが仲よく、しっかり働いたので、ゆたかな村になった。

そして、いつしか、村の人たちは、この石の山を「石くれ山」と呼ぶようになったのだと言う。

リズム構成　石くれ山
場面一　じいさまとばあさま

日本の北の方に、石くれ山と言われる小さな石だらけの山がある。この山がどうして出来たのか、いつ出来たのかは、だれも知らない。ただ、この石くれ山の下には、大きな家が、埋まっているのだと、長いあいだ、言い伝えられてきた。

じいさまとばあさまは、はたらきもんだ。日がのぼれば畑に出て、暗くなるまではたらいた。地主さまからおかりした土地だけど、そんなことは、どうでもよいことだった。じいさまとばあさまは、はたらくのが、すきだったのだ。だから、じいさまとばあさまの畑は、村いちばんの畑になっていた。

〈曲① 花ふる道　宗次郎〉

場面二　地主

地主さまは、そんな土地を、じいさまとばあさまにかしておくのがおしくなった。

地主　「あの土地は、かえしてもらうぞ」
じいさま　「それでは、わしらの畑は……」
地主　「おまえの畑は、明日から、石山の北だ」
じいさま　「そ、そんな……」
地主　「いやなら、この村から出て行け」

〈曲② 老婆の影　村井邦彦〉

場面三　石山

石山の北というのは、石だらけの土地で、何人もの人が、ここをあずけられたけど、だれも、畑にすることが出来なかった。それどころか、みんな、つかれはてて死んだり、村をすてて、にげだしたりしていたのだ。じいさまとばあさまは、そんな土地でも、いままでとかわらぬように、一しょうけんめい耕した。でも、石だらけの土地は、石をどかすと、石の下は、石だった。そのまた下も、石だった。

〈曲③　モスクへの行進　センス〉

じいさま　「わしらぁ、もうだめじゃぁ……」

場面四　石の声

ある晩のことだった。むくむくと、石が動きだした。いままでのたくさんの人たちと、じいさまとばあさまの汗を、だっぷんだっぷんと吸いこんだ石たちが、いのちをもったのだ。

〈曲④　空の海　姫神〉

場面五　石たちの行進

石たちは、地主さまのおやしきへ向かって、歩きだした。そうして、次から次へつみあがり、おやしきをおしつぶしてしまったのだと……。

〈曲⑤　ゴーストダンス　クスコ〉

場面六　石くれ山　（退場）

むかしむかしのことだ。でもね、石くれ山は、いまも、ちゃんと立っている。日が照れば、笑いながら、雨がふれば、泣いているように……。

〈曲⑥　林をくぐりぬけて　宗次郎〉

「石くれ山」の種

終戦直後から、日本は多くの国への移住を奨励していた。

それに刺戟され、農村の次男、三男を中心に、沢山の人が、南米を中心に移住して行った。

そんな時、一つのドキュメンタリーニュースが、私の心をとらえた。

ある一家族が、国を相手どって訴訟を起こしたのだ。

それは、ボリビア移民をした家族が起こしたものであった。

その内容は、次のようなものであった。

〈私たちは、政府の発行したボリビア移民のためのパンフレットを見て、移民を決めたのです。

〝青い空の下、どこまでも広がる広い大地。自分で耕せるだけの土地は、自分のものになる〟というのです。

あちらに着いたのは、真夜中でした。私たちは、車で送られて行きました。小さな小屋のような所に着いて、「今日は、遅いから、まずは、お休み下さい」と言われて、家族四人枕をならべて眠りました。

翌朝、私は、妻の悲鳴で目が覚めました。

どうしたのかと思って、外に出てみて、唖然として、声も出ませんでした。

見渡すかぎり石の海だったのです。

その石をどかしてみたら、その下も石でした。その下も石。どこまで行っても石なのです。

こんな所で、どうやって農業をやれというのですか。

外務省のお役人は、その現場をちゃんと見て、あんなパンフレットを作ったのでしょうか。

私たちは、何もかも捨てて、火の中にとびこむような気持ちで、ボリビアに行ったのです。

その人間に対する仕打ちが、こういうことだったのです。どこにでもやってしまえば、それで終わり、ということなのでしょうか。それでは、あまりにも無責任すぎます。

……〉

その訴訟の結果は知らない。

しかし、この話は、ずっと心の隅に残っていた。

それが、ある時、東北地方を流れ歩いていた時、一休みさせてもらった農家のおばちゃんが、「石くれが多くてさ」と言っていたので、「うちの方では、土くれとは言うけど、あまり石くれとは言わないですね」などという話をした。

だから、石だらけの山を石くれ山って言うとか、石くれは、関東の石ころにも通じるんじゃないか、などという話をした。

それからしばらくして、この石くれ山と、ボリビア移民の話が、むすびついたのである。

リズム構成

むかしの川

◇低学年用◇

〈ナレーション〉

1　おばあさんが、むかしの川の話をよくしてくれる。

・水がとってもきれいだったって……。
・すきとおった川の底で石がきらきらして
・うたをうたっているようだったって……。
・川もがゆらゆらゆれて、ゆめのようだったって……。
・そこを、いろんな魚が、すいっすいっておよいでたって……。
・かにもえびもたくさんいたって……。
・そんな、むかしの川に行ってみたいなあ……。

・おや、なんだかからだがかるくなったぞ……。

音楽〈水光る〉①……

2 わあ、むかしの川だ。
3 魚も、かにも、えびもいるぞ。
4 水草もゆらゆら……すきとおってきれいだなあ。
5 ようし、みんなで泳ごう。

音楽〈綾織り〉②……

6 おや、あれは、何してるんだ?
7 はたおりさ。むかし、川のはたの村では、お米よりくわがよくできて、おかいこをいっぱいかっていたんだ。
8 そのおかいこからとった糸で、はたをおっていたんだよ。
9 わたしたちもやってみよう。(はたおり)おもしろかったね。

音楽〈水光る〉①

10　さ、もう少し行ってみよう。（よし）

13　それ！　水車、まわれ！

12　むかしは、水車で、米をついたり、粉をひいたりしたんだよ。

11　わあっ。水車だ。

音楽〈水車まわれ〉③……

14　なんだかきみのわるいところへ来ちゃったぞ。

音楽〈早池峯〉④……

15　ふかいぞ。

16　おや、なんだろ。あれは……。

17　カッパだ。

18　きゃーっ。

・カッパ19　これこれ、にげることはないで。

・カッパ20　むかしはどの川にもカッパがすんでいたもんじゃ。
・カッパ21　ようこそ、むかしの川へ。
・カッパ22　せっかく来てくれたんじゃ。カッパのおどりでも見せようかのう。

音楽〈ジャンビアダンス〉⑤……

23　いいぞ！……うわあ、たのしい！
24　ぼくらも踊ろ。〈いっしょに、輪になって踊る〉

音楽〈赤い櫛〉⑥……

25　あれ、こんどは、何だ？
・水の精26　わたしたちは、水の精です。
・水の精27　むかしの川はきれいだった。
・水の精28　むかしの川は美しかった。
・水の精29　だれが、川をこんなによごしたのだ⁉
・水の精30　よごすのをだまってみてたのはだれだ⁉

音楽、変わる。

…………おや、どうした？　どうしたの？

31 くるしいよう。

32 くさいよう。

33 あれ？　今の川にもどってる。

34 うわあ、きたないなあ。

36 でも、ぼくたち、川ってこういうもんだと思ってた。

37 川って、ほんとは、きれいなものなんだ。

38 だれが川をこんなによごしたんだ⁉

39 よごすのをだまってみてたのは、だれだ⁉

40 もう、むかしの川にもどらないのかなあ。（間）

41 ねえ。川のおそうじしようよ。

42 あきかんやびんやごみをひろって、

43 へどろもこすって、石をあらって……。

44　そんなんで、きれいになるんかなあ。
45　みんなでやれば、なるよ。
46　うん。みんなでやればね。
47　よし、やろう。
48　おう‼

音楽〈キリマンジャロ〉⑦

〈川のおそうじをしながら　退場〉

「むかしの川」の種

私は幼稚園の頃から、いじめられっ子であった。
それはボスに従わなかったからだが、そのいじめは三年生の頃から、ますますひどくなった。

ある時は、いのちの危険さえ覚えたほどで、私はただただ逃亡に必死だった。

小学校は、昔の利根川の流域であった。

利根川は、暴れ川で、常に流れを変えていた。

だから、昔は、私の小学校の校庭のすぐ先まで来ていたらしい。

その後、流れは治められ、利根川は遠くなり、そのこちらがわに、広瀬川が、赤城山を源流として流れるようになった。

その広瀬川が、私の逃亡先であった。

川まで、およそ一キロメートルで、そこに橋がかかっていた。

私はその橋の下に服をぬぐと、パンツ一つになって遊んだ。

丁度、川の中程に中州があり、川柳やすすきが生えていた。そこに少し穴を掘って、まわりを流木やすすきで囲い、かくれ家（基地）にした。

川には目高がいっぱい群れていて、手ぬぐいで掬ってとった。基地にかくれていると、タヌキやウサギが通ったり、時には、キツネが通ったりした。

学校を逃げ出して、川に来る途中、スイカや瓜などを畑からいただいて来て、それと一緒に、川を下った。

川には、藻がゆらゆられ、鮠や鮒や鮎などが、すいっすいと泳いでいた。

そんな者たちとの出会いにどきどきしながら、利根との合流点まで泳ぐのだ。

当時の担任の先生は、町の三奇人の一人と言われていた人で、私の一人や二人いようといまいと頓着なかったのだ。

こうして、私は、三年四年の二年間、殆ど川で過ごしていた。

そうして、いつしか自分も教師となった。

そんなある日、このなつかしい川辺に立った時、呆然としたのだ。

川の水は、泡だって流れ、ゴミだらけになっていた。

ゆらゆらゆれていた川藻は絶え、時々、小さな魚が、白い腹を見せて流れていた。

川に異臭さえただよい、とても、人が入れるようなものではなくなっていたのだ。

勿論、あんなにいた目高は、全く見えなかった。

川は、まるで、ゴミだめになっていた。

地球で言えば、川は、動脈みたいなものである。

これで、地球の未来はどうなるのかと、ずっと思っていた。

それが。たまたま「水光る」という姫神の曲に出合った時、甦ったのだ。
昔の美しい川を思ったのである。

リズム構成

お地蔵さまわっしょい

◇低学年用◇

ナレーション　むかしむかしこのぐんまけんのあるところに、たいへん子どものすきなやさしいじいさまがおったそうな。

子どもたちは、まいにち、じいさまのところへいっては、おはなしをしてもらったりしておった。

ほうら、きょうも、子どもたちが、あそびにやってきよった。

曲１　リ・ア・ス

子ども①　「じいさま、じいさま、いっしょにあそぼ！」
子ども全　「じいさまァ、じいさまァ、お話して……」

曲2　紫野

ナレーション　まいにちまいにち、子どもたちとあそんでいたので、じいさまのはたけはくさぼうぼうになってしまった。

子ども②　「じいさまのはたけが、くさぼうぼうになってしまった。みんなできれいにしようよ」

子ども全　「うん」

曲3　螢

じいさま　「たねよ、たねよ。……めをだせ！　のびろのびろ、のびて、花をひらけ！」

じいさま　「のびろのびろ、天までのびろ。花よ、花よ、大きな大きな、実をつけろ！」

じいさま　「おお、おお、りっぱなみがなりはじめた。ほうら、このトマトやキュウリを見ておくれ。これなんかどうじゃ。……　……おや？　どうし

たのだ？　さくもつが、かれたり、くさったりしはじめたぞ。なんだか、
いやな風だ。おや？　黒い雨だ。汚れた雨だ」

曲4　やませ

子ども③　「くるしいよう」

じいさま　「おお、どうした」

子ども④　「おみずちょうだい」

じいさま　「おお、おお……」

子ども⑤　「くるしいよう」

子ども全　「くるしいよう」

ナレーション　わるいびょうきがはやりはじめた。じいさまは、子どもたちに、薬草をのませたり、水でひやしてやったり、必至に看病をした。

曲4　やませ、……つづき。

ナレーション　こうして、子どもたちの多くは、じいさまのおかげで助かった。

しかし、じいさまの体は、疲れはて、重いはやりやまいにおかされていた。

子ども⑥　「じいさまが、じいさまがたいへんだ」

子ども全　「じいさま、じいさまァ。しっかりして！」

じいさま　「なあに、わしはだいじょうぶじゃ。わしは、これから天にのぼって、よごれた天界をきれいにしてくるでな」

子ども⑦　「じいさま、かえってくるの？」

じいさま　「ああ、かえってくるとも。では、みんな、たっしゃでくらせ」

子ども全　「じいさまっ」

曲⑤　行秋

子ども⑨　「じいさまあ」

子ども全　「じいさまあッ」

ナレーション　こうして、じいさまは、天にのぼった。

そうして、このじいさまのいなくなったあと、大きくも小さくもない箱の中に、石の地蔵さまが残されていた。
これが、箱石地蔵であるという。
子どもたちは、この地蔵さまを、自分たちの守り本尊として、今も、かついで歩く。

子ども⑩　「せえの！」
子ども全　「おじぞうさま、わっしょい！」

曲⑥　紫野
子ども⑩　「せえの！」
子ども全　「おじぞうさま、わっしょい！」
（退場）

「お地蔵さまわっしょい」の種

玉村小学校から、芝根小学校へ転任した時、例によって、地域の伝説や民話がないか探し歩いた。

そうしたら、子どもたちが、お地蔵さまをかついで歩くお祭りがあると聞いた。

早速、その行事に参加させてもらった。

十人足らずの地域の子どもたちが集まって、小さなお堂からお地蔵さまを、箱に入れてかつぎ出した。

「せえの！」

「おじぞうさま、わっしょい！」

子どもたちは、部落の家を一戸々々まわりながら、「おじぞうさま、わっしょい！」と言っては、お地蔵さまを高くさし上げるのだ。

そうすると、各戸では、お地蔵さまに、お供え物ををするのだ。

最後に、子どもたちは、集会所で、平等に分け合うのだが、それも、子どもたちの楽しみなのだ。

さて、このお地蔵さまが、なぜ、この地域にあるのか。そして、どんな意味があるのか、知りたいと思った。

地域の長老、小暮一太郎さんに会い、そのいわく因縁を聞かせていただいた。

しかし、「はやり病があって、それを鎮めるために、地蔵さまが作られた、と聞いた」ということしかわからなかった。

ただ、奇特なじいさまがいて、はやり病を治すためにいろいろと働いていたらしい、ということも聞いた。

そこで、その話をもとに、この脚本を書き上げ、再び、一太郎さんを訪ねた。

一太郎さんは、「いいんじゃないですか」と、言ってくれた。

だから、この種は、地域の伝説(いいつたえ)を掘り起こしたものと言える。

民話の再創造について

一九六五年ごろ草津の近くの入山の小・中学校の先生方四人が、県教研での私の、地域に取材した民話伝説「シロベ物語」の実践を聞いて、やって来てくれることになった。

しかし、その日、約束の午後七時を過ぎてもやって来ない。ラジオの放送によれば、山ぞい地方は、近年にない大雪とのことだった。

私は、八時をまわる頃、あきらめかけ、九時には、すっかりあきらめていた。

ところが、九時半近く、あらわれたのである。

大雪のことは、知っていたし、それをおして、山を下って来たこの若い人たち（四人とも独身）の語らずにはいられない情熱を感じ、早速持参のテープを聞かせてもらった。

当時は、まだカセットではなく、大きなリールのテープだった。

しかし、そのリールの中につめられた、民話の質と量に、私は、胸の高鳴るのを覚えた。「入山は、民話の宝庫」……後にそう言われるようになったが、この宝の山から、一にぎりの宝石のような民話を、最初に下界に持ち出したのは、若い四人の先生方であり、最初に、それにふれ、感動したのは、私であったことを、あえて言っておきたい。

私が、直ちに、木村次郎さんに連絡したことから、話は、あっというまに、東京へとび、松谷みよ子さんや、大川悦生さんの知るところとなった。

そして、いつのまにか、東京と入山の民話街道が出来、私は全くのつんぼさじきにおかれてしまった。

だが、それらのことから、忠実な採話が始まり、正確な記録がされていった。その結果今、正しい記憶がないが、百近いという数の民話が埋もれていたことがわかった。

しかし、民話は、聞き手によって変化するということもわかった。聞き手が、子どもの時は、どんどんふくらんで、おもしろおかしくなるが、テープなどを持ち込んで、録音しようものなら、ただのあらすじになってしまうのである。

だから、これらの話を聞きとって、文に固定する、というのは、本来民話としては、あり得ない形なのだ。語り部は、創造者であり、相手の反応によって、語りが変わっていくのだ。

こう考えてくると、書かれた民話は、「民話文学」と呼ぶ方がよい、と考える。松谷さんなどの『まえがみ太郎』『龍の子太郎』などは、その中に、各地方の民話のきれはしが、つなぎ合わされた、全く別の、松谷文学になっている。

こうした仕事を、民話をもとにした創造的作業、ということで、民話の再創造と呼ぶ。この「お地蔵さまわっしょい」も、そういう仕事の分野と言えると思う。

リズム構成

土の中で

◇低学年用◇

場面①　ヨウちゃんのお手伝い（入場）

ナレーション　明日、ヨウちゃんは、一年生になります。お母さんがお祝いのお赤飯をふかしてくれました。ヨウちゃんも、一しょうけんめいにおてつだいをしました。

〈音楽①〉森のダンス　宗次郎

場面②　ヨウちゃん、土のなかへ

ナレーション　お赤飯がふかし終わって、ヨウちゃんはかまのお湯をひしゃくで外の地面にざあっとすてたのです。

するとおかあさんが、言いました。

おかあさん　「あ、ヨウちゃん、熱いお湯を地面にすててはいけません。その下には、たくさんの生き物がいるのよ。ほら、あついあついって言ってるでしょ」

ヨウちゃんは、びっくりして耳をすませました。それからじっと地面を見つめました。すると、急にヨウちゃんの体は、小さくなっていきました。

〈音楽②〉アイランズ・オヴ・ザ・オリエント　ヴァンゲリス

場面③　みみず

ナレーション　ヨウちゃんは、いつのまにか、土の中にいました。はじめに、見えたのは、みみずでした。みみずは、一心に、土をたべていました。

ヨウちゃん　「みみずさん、土はおいしいの？」

みみず　「おいしいよ。ぼくが土をたべると、土がよくなるんだよ」

〈音楽③〉アイ・キャント・テイク・イット・エニモア　ヴァンゲリス

場面④　とび虫

ヨウちゃん　「すごいなあ。元気だなあ」

みみず　「もっと元気なのがいるよ。ほら、あそこ」

ヨウちゃん　「あ、いたいた。君たちは何？」

トビ虫　「トビ虫だよ」

ヨウちゃん　「何をしているの？」

トビ虫　「落ち葉などをたべてこまかくしているのさ」

〈音楽④〉風の国　ゴンチチ

場面⑤　バクテリア

ヨウちゃん　「ほんとに、すごいなあ」

トビ虫　「もっともっと小さくてすごいのもいるよ。ほらよく見てごらん」

ヨウちゃん　「あ、見えた。いっぱいいるね。すごいや。おーい君たちは何？」

バクテリア　「ぼくらは、バクテリア」
ヨウちゃん　「ずい分、小さいんだね」
バクテリア　「小さくたって、ぼくらがいないと、木の葉も、動物の死がいも、土にかえらないんだぞ」
ヨウちゃん　「ふーん、えらいんだね」
〈音楽⑤〉ウィル・オヴ・ザ・ウインド　ヴァンゲリス

場面⑥　きのこ（かび）
ヨウちゃん　「みんながんばっているんだ。あれ？　あののんびりはたらいているのは何だ？」
きのこ（かび）「わしらは、土の中のチッソをかためたり、養分を木や草に送っているのさ。これでもきのこだぞ」
ヨウちゃん　「へぇ～」
〈音楽⑥〉江戸庶民のテーマ　大野克夫

場面⑦　花が咲く
キノコ（かび）「ほら、養分すって、花が咲いたり、木の実がなるよ」
〈音楽⑦〉朝風のイカロス　服部克久

場面⑧　とける雨
キノコ（かび）「あ、いたい。からだがとける」
みみず「いたい。いたい」
ヨウちゃん「どうしたの？　あれ？　みんな苦しんでる。どうして？」
みみず「この雨がいけない。からだにしみて、とけるんだ。君、君も早くおかえり」
ヨウちゃん「ぼく、どうしたらいいの？」
みみず「どうしたらいいのか、しっかり考えておくれ。はやくおかえり、はやく！」
〈音楽⑧〉メタリッククレイン　ヴァンゲリス

場面⑨　退場
ナレーション　気がつくとヨウちゃんは、さっきと同じように庭にたっていました。雨が降っていました。
この雨が、みみずさんや小さなお友だちを苦しめていると思うと、悲しくなるのでした。
そして、どうしたらしっかり考えられるようになるのだろう、と思いました。
明日、ヨウちゃんは、一年生になります。
〈音楽⑨〉春の土　宗次郎

「土の中で」の種

アイヌの母は、子どもに「熱いお湯を地面に捨ててはならない」と教える。

それは、この地中一足の下には、数十万という生きものがいるということなのだ。

そうした小さな生き物に対しても、アイヌの人たちは、目を向け、大切にしていたと聞いた。

又、アイヌの衣服「アヮッシ」を作るために木の皮をはぐ時には、「南側の皮の3分の1以上、はいではならない」と、教える。

そうすれば、再生が可能なのだと言うのだ。

そのように、アイヌの人たちは、自然を大切にするのだ、ということを聞いた。

私は、いつか、このアイヌの人たちの思いを、リズム構成にしてみたいと思っていた。

そうして、微生物の本などをいろいろと読んだ。

そうしたら、本当に沢山のものたちが、土の中で働いていたことを知った。

ただ、それをすべて、脚本の中に出したら凄く長くなってしまう。

そこで、動きとして表現しやすいものたちだけにかぎった。

そして、現代の人間が、それらの微細なものたちまでいためていることを、ちょっと入れて、警告しておこうと思ったのである。

舞踊劇・リズム構成

つる舞う里

◇中・高学年用◇

ナレーション　むかし、この地方にも、つるは渡って来たのです。それが、なぜ、姿を見せなくなったのでしょう。それには、こんなお話があるのです。

ナレーション　谷あいの小さな村にも、秋がやってきました。

〈歌〉　一　ほのぼのと　大地のにおい
日にぬくもりて　かぐわしく
育ちゆくもの　うすみどりして
さわやかに　風をむかえる
二　人々は　大地に立ちて

日にめざめよと　かぎりなく
ねがいつみゆき　よろこびみちて
ゆたかなる　秋をむかえる

ナレーション　土地にしばりつけられた農民たちは、秋と一緒にやってくるつるを待つのです。農民たちにとって、つるは、自由への憧れ、自由そのものだったのです。

村人一　「そろそろ、つるたちがやって来る頃だのう」
村人二　「今年は、どうしたのか、おそいのう。さ、仕事だ」
音楽〈金の孔雀〉
村人三　「おお、つるだ！」
村人四　「今年も、つるの群がやって来たぞ」
音楽〈雪中の火〉

〈歌〉一　海原と　山なみこえて

ひたすらに
ただ　とび来たる
心やすらぐ
谷あいの里
はるばると
つるは　まい来る

村人五　「おやっ！　どうしたのだ。つるが一羽おちてくる」
村人一　「おお、おお、矢にうたれてかわいそうに……そうれ、もうだいじょうぶじゃ。よかったのう」
つる　「ありがとう」
◆音楽〈雪中の火〉……（沼地の方へ）

〈歌〉　2　野仕事の　つかれもなごみ
はばたきに

ふと　やわらかく
なやみとけゆき
大空に　高く
自由なる
時を　ゆめみる。

◆音楽〈標〉

村人二　「あっ、御領主様だ！」

領主　「なんだと！　わしのおとしたつるをにがしたとか！　ゆるせん！」（農民、ひれふす）

領主　「つるがこの村にいることもゆるせん！　ことごとくとらえてしまえ！」

村人一　「御領主様、おゆるしを！」

村人全　「おゆるしを！」

領主　「道をあけろ！」

村人三　「どうか、おゆるしを！」

領主　「ならぬ！」

◆音楽〈炎〉

◆音楽〈青むら雪のうつろの中へ〉〈つるたち来る〉

〈歌〉　3　大空をかけるつるの姿よ

すがすがしい自由の風よ

打ちひしがれた数々の日を

支えてくれた自由の風よ

広い天地をはるかにのぞみ

はてなきゆめを　ひろげてくれた

村人二　「つるたちよ。ここはもう安楽なところではなくなった。つらいが、はやく去っておくれ」

つる　「わたしたちにもここがふる里。みなさんが苦しみと共にいるようにわたしたちにも、ここがふる里」

◆音楽〈炎〉

領主「おお、みつけたぞ。よし、射ころしてしまえ」

村人全「おゆるしを!!」

領主「うてっ!……うてっ!……おや、どうしたのだ。つるが、つるが、消えていく……」

◆音楽（細雪）

〈歌〉雲の上に
雲つみ重ね
冷気みなぎれ
めぐる日もこごえよ
大地こごえよ

領主「どうしたことだ。雪だ。雪がふって来た」

領主「さむい」

家来　「さむい」
領主　「さむい」
ナレーション　領主たちは、かたくこごえた。「つるのように、自由になりたい」という農民たちの切なる願いは、叶えられた。つると共に雪となり、舞いおどりつづけたのである。
◆音楽〈風花〉
ナレーション　空にはなまりの雲。大地は白くこごえた。みわたすかぎり、世界は、雪におおわれた。

〈歌〉
つるまう里に　雪ふりしきる
ひえびえと　野山に　人かげもない
いつの日にか　春は　やさしくめぐり
きよらかにすべてを　洗い流す
すがすがと山は　山は　そびえ
きらきらと水は　水は　流れる

何事も知らぬげに　日は　めぐりゆく
何事も知らぬげに　日は　めぐりゆく

ナレーション　それからというもの、つるは、かげだけを残し、二度と、この地には、やって来なくなったと言います。

「つる舞う里」の種

上毛カルタに「つる舞う形の群馬県」という句がある。

〝形だけじゃなくて、本当に、昔は、つるが渡って来ていたのだろうか〟という疑問がずっとあった。

そんなある時、「群馬にもつるが来たことがある」と言うおばあさんに会った。

おばあさんは、「野反湖に来たことがある」と言うのだ。草津の奥に住んでいる人だった。

そんな話は、その辺りの人に聞いてもどうもあやふやだった。

「白サギか何かとまちがってるんじゃねえかねえ」と言う人や、

「そらあ、ばあさんが、夢でも見てたんじゃねんか」と言う人までいた。

私は、その真偽はとも角、この辺りの人たちのくらしが、如何に悲惨であったかを何度も聞かされた。

その中で、最も胸にいたかったのは、「間引き」の風習であった。

間引きとは、生まれたばかりの赤ちゃんを、親が殺すことである。

それは、これ以上子どもがふえると、一家心中でもしなければならない状態だったのである。

そのため、娘を身売りする親もいて、涙々の日々だったと言う。

そういう中で、人々は、空を自由に飛びまわる鳥たちに憧れるようになった。

人々の切なる希みは、「死」「自由」であった。

その最たるものは、「死」であったようだ。

「死」が、何よりも「自由になる」ことであり、そこに、宗教に通じる思想も生まれた。

そんな話を聞き歩いている時、山形の寒村で、雪に昇華した人の話を聞いた。

その人は、猛吹雪の中で、ともに雪となって、天に消えたと言うのだ。

雪がやんで、村人たちが探したが、死体はみつからなかったし、春になって、雪が解けた後も、死体は発見できなかったと言う。

それで、村人たちは、今でも、「この人は、雪となって、天に召された」と信じているという話だった。

この二つの話と、どこにもいた強圧的な領主の話を結びつけ、この「つる舞う里」となったのである。

この脚本は、富岡東高校のダンス部や職員劇として何度か公演された。（吉幸かおるさん演出）

又、日本演劇教育連盟の「学校劇」という機関誌にも紹介されたので、全国のいくつかの学校で公演されたようである。

私は、群馬の境小学校の三、四年生でとり上げ、運動会で、舞踊劇として上演した。

境小では、何年も、舞踊劇をやっていた。

私は武田常夫さんに作曲を頼んだ。武田さんは、少しのためらいもなくひきうけてくれた。

境小の舞踊劇の形は、合唱隊がいて、その歌に合わせて踊るのである。

そうして、後年、「リズム構成」として、合唱隊をなくし、すべての子を躍らせることが出来た時、私の心は、ずいぶん、軽くなっていた。

歌 1　　**ほのぼのと**

詩 石塚真悟
曲 武田常夫

歌 2　　**海原と**

詩 石塚真悟
曲 武田常夫

歌 3

大空を

詩 石塚真悟
曲 武田常夫

歌 4

雲の上に

詩 石塚真悟
曲 武田常夫

歌 5

つるまう里に

詩 石塚真悟
曲 武田常夫

つるまーう さーとに ゆきふーり しきる
ひえびえと のやまに ひとかげも なーい
いつの日にか はーるは やさしーく めぐり
きよらかーにすべてを あらいなーが すー
すがすがと やまは やまはそーびえー
きらきらと みーずは みずはなーがれる
なにごとも しらぬげに 日はめぐーり ゆく
なにごとも しらぬげに 日はめぐーり ゆく

リズム構成

風が話した

◇中学年用◇

ナレーション　おーい。わしは、三千年ばかり昔、このへんを旅した風なんだが、ここにくらしていたアイヌの人たちはどこに行ったのか知らないか?……。そうか、知らないのか。それでは、みどりの森でたのしくくらしていたアイヌの人たちの話をしてやろう。わしは、風。今、そこへ行くぞ。

〈音楽〉レラカムイ　ヤイエアプカシテ（風神の旅）

むかしは、このあたりも、ふかい森におおわれ、その中を、川が白く、おびのようにうねって流れていた。その上を、わしはとんだ。

〈音楽〉同じく。

ナレーション　さけやますもたくさんのぼってきたし、しかやきつねやおおかみもいた。

アイヌの人たちは、狩りや漁をしてくらしていた。アイヌの人たちは、生きものや天や地、あらゆるものに神様がやどると、信じていたから、どんなものも大切にした。けっして、むだにころしたり、よごしたり、そまつにしたりしなかった。わしだって、風の神と、言われたのだからな……。

ナレーション　ほうら男たちは、森の中に狩りに出かけ、女たちは、木の皮をあんで、布をおったり食べものを作ったり、……これが、アイヌのくらしだ。

〈音楽〉カムイ　チカヤ（神の鳥）

ナレーション　川では、みんなで魚をとっている。ほら、大きなさけが、銀いろに光って、まぶしいほどだ。

〈音楽〉パウタンケ（危急の声）

ナレーション　子どもたちは、山や川でたのしく遊ぶ。

〈音楽〉カムイ　ユカラ「コタンの婿えらび」

ナレーション　みんなが狩りから帰って来た。たくさんのえものがとれた。感謝のうたでむかえる。

〈音楽〉シロカニペ　ラン　ラン（銀の滴　ふる　ふる）

ナレーション　夕べの語らいが始まる。アイヌの言い伝えを一人がうたいだすと、みんなもひょうしをとってうたいだす。

〈音楽〉カムイ　ユカラ「ムジナとクマ」

ナレーション　そして、ねむくなればねる。ほら、子守歌が聞こえてきた。

〈音楽〉イフンケ（子守歌）

ナレーション　こうして、大自然にいだかれて、アイヌのくらしはつづいていた。なつかしいアイヌの人たち。あの人たちは、今、どこにいるのか、どうしているのか。きっと、この国のどこかにいるにちがいない。あいたいものじゃ。ゆっくりと旅をしながら、さがしてみよう。では、さらばじゃ。

〈音楽〉レラカムイ　ヤイエアプカシテ（風神の旅）　（退場）

「風が話した」の種

和光大学付属小学校の平野先生という方から「アイヌ刺繍展」の案内をいただいた。

その日、私は玉村小学校から、そのままの姿で、午後、電車に飛び乗った。

新宿から小田急線にのりかえ、指定された「経堂」という駅で降りた。

会場は、すぐにわかった。

入ってみると、誰もいなかった。

十分ほど、一人で見ていると、奥から一人のしっかりした体格の女の人が出て来た。

鼻唄をうたいながら……。踊りながら……。

「あ、アイヌの方だな。この人、火山だわ」と思った。

そのうち、一枚の壁にかかったタペストリーを指差して、

「これ、何に見えますか?」と、聞いてきた。

初めは、鳥に見えた。一まわりして来て、見ると、火に見えた。又、一まわりして来て、見ると、踊る人に見えた。次には、馬に見えた。

それで、

「これは、詩だわ」と、言ったら、びっくりしたように目を見ひらいて言った。

「あなた、何者⁉ シャモ（倭人）で、詩と言った人は、初めてだヮ。シャモはみんな形でしか見ない。そうなんです。これは、詩なんです。本当に、あなた、何者⁉」

「私は、何かなァ。創作ダンスみたいなことをやってるんだよ」

すると、彼女、ちょっと、ムッとしたような顔をして、

「ウソツキ！」と、言った。

私は、少し、おかしくなって、

「これでも、小学校の先生やってるんだぞ」と、言ったら、

「二つめ、ウソツキ！」と、言ったから、

「それじゃ、何に見える？」と聞いたら、

「イケブクロの地下道で寝てる人」と言った。

「うわっはっ……」

私は、大笑いした。

そう見られても仕方あるまい。ボロボロで中の綿までとび出している汚いハンテンを

着て、ひざのぬけたジーパンをはいているのだ。誰が見ても、「先生」とは見えないだろう。

これには、いろいろと理由があるが、それは、この主旨からはなれるので、さておいて、この「小川早苗」というアイヌの女性との出会いから、それまで以上に「アイヌ」に、興味を持つようになった。

そうして、いろいろ調べてみると、この関東にも、アイヌは住んでいたということもわかってきた。

それが、いくつか、地名として残っている。「トネ」とか「アカギ」がそうだと言う。

そうして、蝦夷と称され、大和朝廷から抑圧され、北へ北へと追いやられたのだ。

その後、北海道のみを蝦夷地と呼ぶようになった。

この関東にも、アイヌの人たちが住んでいたということと同時に、その人たちの自然に対する優しさは、今にこそ大切だと思っていた。

そんな時、音楽集団「モシリ」に出会ったのだ。

「モシリ」とは、森のことだと言うが、その音楽に惹かれた。

アイヌは、すべてのものに神が宿ると信じている。

だから、すべてが、神からのいただきものなのだから、必要以上には捕らないのだ。

アイヌとは、アイヌ語で、「人間」ということだそうだが、その「人間」も、自然の一部だという思想こそ、現代の我々に必要なことではないかと思ったのである。

そして、「この地にも、そのアイヌの人たちがいた」ということを知らせたいと思ったのだ。

リズム構成を伝説風に

十八石

◇中学年用◇

上州、佐波郡采女村（現伊勢崎市）に、十八石と呼ばれる小さな部落がある。
十八石と言うのは、米を計る単位で、米俵一俵が四斗だから、一石は、二俵半である。
だから、米俵にすると、全部で、四十五俵ということになる。
たった四十五俵が、この部落の米のとれ高とされていたのだ。
戸数およそ、十五戸とすると、平均一戸、たった三俵である。
それを基準として年貢が要求されたが、それさえも払えなかった。
土地の広さは、十八石かもしれないのだが、それだけの米はとれなかったのだ。
それには、こんなわけがあるのだ。

春になった。田植えの季節だ。

しかし、十八石の人は、目の前の堀川を流れる水を使えなかった。

その水は、伊予久沼からやって来る水で、隣の領主様のものであった。

堀からあふれ出すほど豊かな水が、目の前にあるのに、十八石の人たちは、ただ見ているだけだった。

「ああ、あの水をほんの少しでも分けてくれないかなあ」

十八石の人たちは、胸がいたくてたまらなかった。

庄屋の梅吉じいさんは、佐位郡《さいごおり》の郡奉行《こおりぶぎょう》や代官に何度も訴えたが、水は、よその領主様のもので、郡奉行にもどうすることも出来なかったのだ。

ある晩のこと、梅吉じいさんは、村人たちを集めた。

そして、ひそひそと、何やら話し合った。

「そ、そんなことして大丈夫か?」

「うん、あとは、わしにまかせておけ」

そうして、夜のうちに、村人総出で、用水の水を引き込み、田植えをしてしまったのだ。

ひっそりと物音一つ立てずに動く集団は、黒い風のようであった。

朝が明けた。

十八石の田んぼは、見事に早苗が植えられ、みどりの風にそよいでいた。

そのことは、すぐに隣の郡代に知らされた。

名波郡《なわごおり》の郡代は、馬にまたがって、十人ほどの手下をつれてやって来た。

「梅吉はいるかっ!!」

手下の一人が、大きな声で叫んだ。

「へーい」

梅吉じいさんが、からだをちぢめるようにして、家から出て来て、郡代の前にひざまづいた。梅吉じいさんは、西を向いてすわった。

このあたりは、強い風で有名な所で、殆どの家が、北西側に高い樫の木が植えられていた。

それでも、風が庭に吹き込むので、西に藁ぐねを建てるのが常だった。

梅吉じいさんの家もそうだった。

代官が、馬にまたがって、梅吉の方に向くと、馬のお尻が、丁度、藁ぐねの前に来るのだ。

その藁ぐねの後ろに、一人の若者がかくれていた。手には、篠竹の先に、針のついたものを持って……。

「こらっ！　梅吉、お前らは、わが藩の水をぬすみおったな」

「へい」

「何？　水泥棒をみとめるのか！」

と、郡代が怒鳴った時、藁ぐねの後ろにいた若者が、馬の尻を突いたのだ。

「ヒヒーン」

馬は、大きくはね上がり、どっと走りだした。

「ひゃーっ。どうした。どうどう」

郡代や手下が、馬を止めようとしたが、馬は、止まるどころか、どこまでもどこまでも走って行った。

それを追って、手下たちも走った。

「ハア、ハア、ハア、ハア……」

「どうどう、どうどう」

「こらあっ、止まれ止まれ」

「あぶない。あぶない。どけえ」

郡代と手下たちは、ぐるっと遠くの方を回って、やっと帰って来た。

誰も彼も汗を流し、「ハア、ハア、ハア」と、息を荒くしていた。

「これ、水をもて」

郡代が言うと、「待ってました」とばかり、水のいっぱい入った手桶がいくつも運び出されてきた。

柄杓に水をくんで、郡代に差し出すと、郡代は、馬から下りて、「ゴクゴク」と飲んだ。

手下たちも、「ゴクゴク」と飲んだ。

「ああ、うまい。生きかえったぞ」

郡代が言うと、すかさず、梅吉じいさんが言った。

「郡代さま。その水は、十八石の水でございます。のどがかわけば、人は、十八石の水であろうと、伊予久の水であろうと飲まねばなりません。十八石の水ではだめだ。伊予久の水ではだめだなどとは申しません。

郡代さま、稲だって同じことでごぜえます。からからに乾いた田んぼの目の前を、ゆたかな水が流れていきやす。でも、のどのかわいた田んぼは、その水を飲めないんです。ほんの少しのお情けがありゃあ、十八石の稲だって助かるんです。郡代さま。どうぞ、おわかりくださいませ」

郡代は、しばらく考えていたが、

「よし、わかった。今回だけは許す。だが、いつもとは思うなよ」と言って、郡代と手下たちは帰って行った。

「やったァ」

「梅吉じいさん、やったでえ」

「今日は、おまつりだ。みんなで、おまつりだあ」

「わあい」

村人たちは踊りながら散って行った。

やがて、集まった人々は、少しばかりのお酒を飲み、少しばかりのそまつなごちそうを食べ、夜が明けるまで歌い踊った。

この小さな十八石という部落にとって、一番の幸せな夜であった。

その後、梅吉じいさんは、すべての私財を抛って、一つの堀を作った。後に、人々は、この堀を「梅吉堀」と呼んだ。

今、この「梅吉堀」は、わずかに、堀の跡が残るのみである。

「十八石」の種

上州、采女村に、十八石という小さな部落があった。

「十八石とは、ずい分少ない石高だが、どんないわれがあるのだろう」と思い、いく人かの部落の人に聞いてみたが、あまりくわしく知っている人はいなかった。

ただ、田植えの頃、目の前を流れる堀の水を使わせてもらえなかったのだ、ということだけはわかった。

江戸時代、この十八石は、佐《さ》位《い》郡《ごおり》で、ぽつんと一つ飛び地だった。

堀を流れる水は、伊予久沼から引かれた水であった。

伊予久沼は、名波郡《なわごおり》で、領主が異なるのだ。

そのため、十八石の人たちは、水を使うことを許されなかったのである。たまたま苦しまぎれに水を引き込めば、「水泥棒」となって、ひどい仕置きを受けたのだ。

十八石の人たちは、毎年、隣の田んぼで、にぎやかに田植えが行われるのを指をくわえて見ているしか仕様がなかった。

その十八石に、梅吉じいさんと呼ばれる庄屋さまがいた。

小さな部落の庄屋さまだから、決して豊かではなかったが、智恵者という評判であった。

そして、ある年、田植えが出来たということだった。

それが、どうして出来たのかは、最後までわからなかった。

ただ、智恵者だったということを考慮し、どのようにしたら、田植えがやれただろうといろいろに考えてみた。

そうして出来たのが、采女小学校での野外劇の台本であった。

しかし、群馬熱というはやり病のため、運動会が中止となり、上演することは出来なかった。

ただ、その台本をある雑誌に掲載したら、それを読んだという人が、少々興奮して、私のところへやって来た。

「先生、私は、梅吉じいさんの曾孫に当たるんです。梅吉じいさんのことを書いてくれて、ありがとうございます。梅吉じいさんは、その後、早川から水を引くために私財を投げうって、梅吉堀というものを作ったんです。でも、そのことが、群馬県史にも載ってないんです。何度も、県の文化財の方に言いに行ったんですけど、とり上げてもらえないんです。だから、自分で、本を出そうと思っているんです。その中に、先生の脚本を載せてもよいでしょうか」

勿論、私は、ＯＫした。

「梅吉じいさんが、私財を投げちゃったから、俺んちは、貧乏になっちゃって、くやしいけど、俺は、高等教育を受けさせてもらえなかったんだ」

それだけに、なんとしても梅吉じいさんの行蹟をちゃんと書き残しておきたいという熱い思いを感じた。

いつか、この梅吉堀のことも、脚本にしてみようと思っていたが、一度、現地調査をしただけで、終わりになってしまった。

梅吉じいさんの曾孫だというこの高橋さんという人は、子ども用教材の粘土などを売っていた。

私も、陶芸に縁があったので、ちょっと長いつき合いになったが、ある日、突然の訃報が入った。

「ガンで亡くなりました」

永らく、無念をかこっていたが、その無念を抱いたままの死であった。

それから数十年たって、この「十八石」をリズム構成として蘇らせることが出来た。

ただ、これは、殆どの所で、取り上げる人はいなかった。

しかし、後に、千葉県松戸の藤森先生が、この「十八石」を下敷にして、地域の用水堀の話を構成して、実践したと報告があった。

「十八石」が、遠い千葉で、いのちをつないだのである。

尚、この十八石のある木島村には、「子安地蔵」があった。

「子安地蔵」というのは、その場所が、捨て子や間引きの子の捨て場であった証拠である。

くらしが、如何に苦しいものであったかをうかがい知ることが出来る。

その中の更に大変な村が、十八石だったのである。

リズム構成を物語風に

黒い花

◇中・高学年用◇

「わあい。とったどおっ！」

「うえーい。やったやった」

子どもたちが、水しぶきを上げながら、川の中で、魚をとったり、走りまわったり、泳いだりしていました。

川の水は、すきとおって、すいすい泳ぐ魚の姿がよく見えました。

川は、子どもたちの一番の遊び場でした。

「おーい。変なものがあるど」

砂山を作って遊んでいた一人の男の子が叫びました。

「何だ!?」

「何だ⁉」

「何？」「何？」

男の子も女の子も集まって来ました。

そこには、黒くてすきとおった種のようなものがありました。

「あれえ、ほんとだ。だけど、これ、きれいだね」

「宝石みたい」

「そうだ！　宝石かもしれない」

「でも、種みたいな形をしてるよ」

「うん。俺は、種だと思うな」

「でも、こんなに大きい種なんてあるか？」

「貝じゃない？」

「うん、バカ貝ならでっけえもんな」

「でも、バカ貝ならこんなにきれい？」

「それに、われてないよ」

「そうだよな、やっぱり種だ」

「何の種だろ」

「ここに、植えてみようか」

「そうだ。それで、毎日、みんなで水をやろうぜ」

「うん。そうしよう」

子どもたちは、穴を掘り、その黒い種を埋め、川から水をくんで来てかけてあげました。

その日から毎日交代で、水をやりました。

そうして、ひと月くらいたったある日のことでした。

一人の女の子が、砂の中から黒い芽が出ているのを見つけました。

「あ、芽が出ているよ」

みんなが集まって来ました。

「わあっ、芽が出てる」

「黒い芽だ」

子どもたちは、この見たこともない黒い芽に、歓声を上げました。

そして、みんなで大切に育てようと誓い合ったのです。

黒い芽は、ぐんぐん育ち、黒い葉をひろげ黒い茎をのばしていきました。

葉は、広がって、たたみ二枚分もありました。

茎は、まるで太い木のようでした。

その茎の先には、黒い蕾があらわれました。

「もうじき、花が咲くよ」

「どんな花が咲くんだろう」

子どもたちは、楽しみにして帰って行きました。

次の日の朝、子どもたちが来てみると、まっ黒な大きな花が咲いていました。

「うわー、でっかい花だ」

「あまいにおいもする」

「ほら、花の中に、ミツがいっぱい」

「ちょっとのんでみようか」

花のミツをのんだ男の子が叫びました。

「うへえ。うめえ。あまくってうんめえど」

子どもたちは、かわるがわるミツを飲みました。

「この花は、おたからの花だな」

「うん、おたからだ」

こうして、子どもたちは、みんなで花を大切に守っていました。

しばらくして、黒い花はすっかりしぼんで、種になりました。

種は、夜になると、「パチッ」「パチッ」と、はじけて、とび散りました。

種をとばした花の茎は、倒れながら、ドロドロとした黒い汁を出しました。

黒い汁が、川に流れ込んで行くと、魚たちが苦しがって、死んでいきました。

とび出した種から、新しい芽が出て、どんどん育っていきました。

そして、次々と黒い花が咲きました。

川原は、黒い花の花粉で、息が苦しくなりました。

そのうち、子どもたちは、咳がとまらなくなってしまいました。

黒い花は、どんどんふえていきました。

黒い花から流れ出す黒い汁で、川はすっかり汚れ、魚たちは住めなくなりました。

その上、花粉で、空もくもったようになり、子どもたちは、息が苦しくてたまらないようになりました。

子どもたちは、このままでは、どこもかしこも汚されてしまうと思い、カマやノコギリを持ち出して来ました。

「みんな、がんばって、黒い花を刈りとろう」

「うん」

子どもたちは、黒い花に向かってカマをふるい、ノコギリで伐りだしました。

ところが、伐っても伐ってもすぐに、黒い花は、又、葉をのばし、花を咲かせました。

「これじゃだめだ」

「どうしよう」

「火で焼いてしまおう」

「ようし!!」

今度は、子どもたちは、燃えるものをいっぱい持って集まって来ました。

それぞれに、火をつけると、黒い花に向かって投げつけました。

しかし、黒い花は、涼しい顔をして、かえって、背のびするように、大きくなっていきました。

「これもだめだ」

「どうしよう」

子どもたちは、すっかり考え込んでしまいました。

「この黒い花をぼくらが育ててしまったんだ。なんとかしないと、どこもかしこも黒い花でいっぱいになっちゃうぞ」

「どうしよう」

「切ってもだめ。焼いてもだめだ。どうしたらいいんだ?」

子どもたちは、すっかり考え込んでしまいました。

しばらくして、一人の男の子が立ち上がって言いました。

「この黒い花は、ぼくらが育てた。それで、川も空気も汚してしまった。切っても焼いてもだめなら、自分たちで花を変えるしかない。俺は花の中に飛び込んで、この花を毒のない花にかえてやる」

「よし。俺も……」

「わたしも……」

子どもたちは、次々と、黒い花の中に飛び込んで行きました。

「えいっ!」

「えいっ！」

「えいっ！」

黒い花は、だんだんに小さくしぼんでいきました。

そうして、しばらくすると、みどり色の美し芽を出し始め、ゆっくりと、みどりの葉をひろげていったのです。

子どもたちが、恐しい黒い花を、みどりの花に変えたのです。

青い空が、青く深く澄み、川の水がすきとおって、きらきらと流れていくようになりました。

子どもたちは、やがて、美しい花を咲かせました。

その花の中で、子どもたちは、ニコニコと笑っていました。

「黒い花」の種

私は、高校生の時、二人の哲学生と出会った。

「哲学者」と言うにはおこがましいが、哲学を極めたいと学びつづけていた二人の恩師がいたからである。

一人は、神蔵校長であり、一人は、川村教頭であった。

当時、私は、生徒会長をしていたが、そのせいもあって、よく、二人の自宅にお邪魔して、たまたまやって来た方と、熱のこもった議論が展開されるのを楽しみにしていた。

それは、対立というより学び合いであった。

神蔵校長の信俸者は、主にヘーゲルであり、川村教頭は、和辻哲郎であった。

神蔵校長は、文理大（後、東京教育大→筑波大）卒であり、川村教頭は、東大卒であった。

その主張には、それぞれプライドを感じた。

その影響を受けて、私も、ニーチェやヘーゲル、マルクスなどなどを読みあさった。

高校時代、少々思い上がっていた私は、神蔵校長の勧める東京教育大学を蹴り、川村教頭の勧める東京大学を受験した。

いろいろあって、見事に失敗し、狭い町にいられなくなって、家をとび出した。

昭和二十四年の春のことだった。

敗戦後間もないこの時代は、どこもかしこも混濁していた。

特に、都会では、生きることに必死で、人々は、目を血走らせて走りまわっていた。

私は、北海道へ行った。広い大地の中で、自分をゆっくり見直してみようと思ったのだ。

そうして、ある牧場を訪ねた。

「働かせてください」

時は開拓時代だった。人手はいくらでも必要だった。何も聞かずにＯＫだった。

しかし、三日で、参ってしまった。

朝が早すぎたのである。

仕方なく、暇をもらって、あり金はたいて切符を買った。

岩手県の久慈という所までの切符が買えた。

駅に着いたが、どうしてよいものやら途方にくれた。もう、一文なしであった。

そこで見つけたのが、小久慈焼という焼物であった。

その窯場に訪ねて行き、「薪割りをさせて下さい」と言ったのが、陶との出合いだった。

窯場の主は、にこにこしながら、それでもじっと、うすよごれた私の姿を観察してから、

「ああ、やってくれるかね。給料は出せねえけどいいかね」と、言った。

私は、そこで、薪を割りながら、様々のことを考えていた。

家が貧しいために、二期校に願書を出すことも出来ず、大学進学をあきらめざるを得なくなった自分。自分より学力もないのに、大学に行っている奴。

「おかしいではないか」

「こんな世の中、まちがってる」

そんな怒りを薪にぶつけていた。

そうして、窯場から窯場へと流れ歩きながら、やっとのことで、家にたどり着いた。

六十キロあった体重が、四十五キロになっていた。

しばらくして、高校の神蔵校長から連絡が来た。「学校に来い」とのことだった。学校に行くと、「君は、教師になりたまえ」と、唐突に言った。

それは、私の卒業の時にも言われたのだが、「先生にだけはなりたくありません」と、断った経緯があるのだ。

それを、又言うのだ。

その時、ちょっとした会社の下働きみたいなことをやっていたので、それもよかろうと思い、「はい」と返事をしてしまった。

神蔵校長は、すぐに、手続きをとってくれて、採用試験を受けさせてくれた。

こうして、私は、小学校の「でも、しか先生」になった。

先生をやりながら、やはり、「この世の中、おかしい」と思うことばかりに出会っていた。

それで、他の先生方と、ストをやったり、デモをやったりした。

しかし、何も変わらなかった。

そのうち、日本は、高度成長時代に突入した。

そのつけが、公害となって人々にはねかえってきたのだ。

水俣につづいて、阿賀野川での有機水銀中毒。川崎や四日市の喘息。多くの、工場からの工業廃水や家庭廃水で汚れた川に、魚が大量に浮き上がって死んだ。

つづいて、森林伐採や海岸線の護岸工事による砂浜や干潟の減少。

それは、海水の再生をはばみ、海を汚していく。

北極の鵜は、口ばしがまがり、近海の鯖は骨がまがり、……その魚を食うアザラシを獲って食糧としているイヌイットの男性の精子は減少し、将来、子孫は絶えるにちがいないとまで言われるようになってしまった。

それらの現象を憂えている時、以前学んだ哲学や歴史の変遷についての原則と考え合わせて生まれたのが、この「黒い花」であった。

この脚本を提示した時、ある大学教授は、「こんな難しい抽象詩のようなものを、子どもがわかる筈ない」と、言った。

しかし、四年生の子どもたちは、

「これは、俺たちの問題だ。今までのは、お話だったけど、これは、ただのお話じゃない」と言った。

そして、最初から、実に真剣に取り組み、素晴らしい舞踊劇にしてくれた。

どこまでわかってくれたかはわからない。

ある人は、「公害もんだい」と理解してもよいし、ある人は「社会発展史」と理解してくれてもよいのである。作曲は田島正己さんであった。

野外舞踊劇を物語風に

シロベ物語

◇全学年用◇

上州、采女村の北の方に、シロベ沼と呼ばれる沼があります。

この沼は、「子どもをひきこむ」と言われ、村の人たちは、子どもたちに、「シロベ沼で泳いではいけない」と、きつく言っていました。

それでも、時々、シロベ沼で溺れて死ぬ子がいたのです。

シロベ沼がどうして子どもをひきこむのか、それには、こんなわけがありました。

むかしむかし、このあたりをひどい日照りが襲いました。畑はひびわれ、沼もすっかり水が枯れてしまったのです。

その上、悪いはやり病が広がっていました。

そのために、お殿様に納める年貢も納められない人々が沢山いたのです。

それでも、村の役人たちは、年貢をとりたてに村の中を回っていました。

そうして、とうとうシロベの家にもやって来たのです。

「こらあっ！　シロベ、出てこい。年貢をさしだせえっ！」

村役人は、おどすように鎗を地面に、どすんとつき立てて怒鳴りました。

しばらくして、シロベが、ゆっくりと家の中からあらわれました。

その腕には、何かが抱かれていたのです。

「何だ⁉」と、それをのぞき込んだ役人は、「ひえっ！」と、変な声を上げて、後ろにさがっていきました。

「な、な、なんだ。これは……」

「はい、息子のタロベでごぜえます」

「どうしたんだ！」

「はい。今朝、疫病で死んでしまいました」

「ひえっ！　エキビョウ⁉」

村役人たちは、両手をひろげ、天をむいていたのに、急に、にげごしになりました。

シロベは、こわがっている村役人の方に、タロベをかかえたまま近づいて行きました。

「ひゃあっ。く、く、くるな!」

「くるな。くるな」

村役人たちは、とうとうにげて行ってしまいました。

シロベは、タロベをだいたまま、自分の畑のある方に歩いて行ったのです。

畑のすみに、タロベを下ろすと、シロベは、鍬をふり上げました。

でも、シロベは、鍬をふり下ろすことが出来ないで、そのまましばらく、石のようにかたまっていました。

「タロベの墓を掘らなければならない。でも、掘りたくない」と、二つの心がぶつかり合っていたのです。

ふた月ばかり前、奥さんを亡くしたばかりなのに、つづいて子どもまで亡くしてしまいました。

シロベは、ひとりぼっちになってしまったのです。

シロベは、じぶんも一緒に天国に行きたいと思いました。

シロベは、一たん下ろした鍬を、又、ふり上げました。

そして、まるで深く息を吐くように、ゆっくりと鍬を下ろしました。

かわいた土の上に、鍬の歯が、ぱさりと音をたててささりました。

そのとたん、もう泣くだけ泣いて、なくなったと思っていた涙が、又、ぬっと吹き出してきたのです。

もう、目の前が、何も見えなくなっていました。

シロベは、次の鍬を力いっぱい打ち下ろしました。

鍬が、ざくっとささって、かわいた土が、舞い上がりました。

シロベは、次々と鍬をふり下ろしていました。

そうして、シロベは、夜になっても穴を掘りつづけました。

ただただ土を掘ることで、何もかも忘れてしまいたいようでした。

朝近く、さすがにシロベは疲れて、穴の中で少し、うとうとと眠ってしまいました。

すると、シロベは、不思議な夢を見ました。

白いヒゲのおじさんが夢の中に出て来て、「沼じゃ。沼じゃ。満月の夜、沼が出来る」と、言ったのです。

シロベは、はっとして、目を覚ましました。

朝の光が、穴の中にさしこんできました。

その時、シロベは、土がぬれていることに気づきました。

「そうか。この下には、水道《みずみち》があるんだ。沼だ。沼を作ろう。そうすれば、みんなが助かる。日照りになっても大丈夫だ」

シロベは、元気が湧いてきて、しっかりと立ち上がりました。

今度は、穴を大きくひろげていきました。

一人の村人が通りかかって、びっくりして言いました。

「シロベさん、何しているだね」

シロベは、わき目もふらずに、土を掘りながら、

「沼を作るんじゃ。沼を……」と言いました。

「えっ？ 沼？ シロベさん、そら無理だ。このカンカン照りの中でそんなことをやってりゃ、参っちゃうで……」

シロベは、何と言われても、夢中で鍬をふり下ろしつづけました。

その日の夕方、話を聞いた村人たちが集まって来ました。

「かみさんが死んですぐ、タロベも死んじまって、シロベさん、気でもふれたかね

え」

「出来るわけねえに……」

「シロベさん、やめろよお。シロベさんが参っちまうでよう」

そんな村人たちの声も、全く耳に入らないようにシロベは鍬をふるって土をくだき、しゃべるで土をほうりなげ、穴をひろげていったのです。

その晩、いく人かの村人が、いもやらかぼちゃやらをそっと持って来ました。

「シロベさん、食べてくんない」

「シロベさん、無理せんでな」

シロベは、黙って頭を下げました。

村人たちは、食べ物や水をかわるがわる持って来てくれました。

そのうち、シロベの掘った穴がどんどん大きくなっていくのを見て、「沼が出来るかもしれない」と思うようになりました。

「シロベさん、手伝わせてくれえ」

そう言いながら、一人、二人と、村人がシロベと一緒に掘るようになりました。

そのうち、沢山の村人が、鍬やシャベルやモッコなどを持って来て手伝うようになりました。

穴は、ぐんぐん広がっていきました。

シロべの髪は、ぼうぼうになり、着物もぼろぼろになってしまいましたが、シロべの顔は白く澄んで、神さまのように見えてきました。

穴は、広く、深くなりました。

そんなある日、庄屋さまがやって来ました。

「こらあ、シロべやめろ。ここは、うちの土地だで。勝手なことをするな」

庄屋さまがどんなに言っても、シロべは、掘るのをやめませんでした。

「沼を作るんです」

「そんなもん、出来るわけないだろが……」

「出来ます。作るんです」

「バカ者が！　ようし、なんとしてもやめさせてやる」

庄屋さまは、頭から湯気をたてながら帰って行きました。

シロべと村人たちは、疲れた体にムチ打つようにして、再び土を掘り始めました。

「おい、見ろよ。ここんとこ、土がこんなにぬれてるぞ」

「おお、もう少しだ」

「おおい、みんな、水が出そうだぞ」

「もう少しだ、がんばるべえ」

「ようし」

みんなは、一そう力をふりしぼってがんばりました。

日が、遠くの山の端にかくれ始めた頃、庄屋さまが、代官と村役人をつれてやって来ました。

「こらあっ。やめろ！　やめろうっ！」

代官が、大声で怒鳴りたてました。

「この土地は、お前らのものではない。なんともふとどき。すぐにやめて、上がって来い！」

村人たちは、すごすごと上がって来て、すわりこんでしまいました。

でも、一人だけ、鍬をふりつづける者がいました。シロべでした。

「こら！　やめろ！」と代官が言うと、

「あ、あれがシロべでございます」と庄屋が続けて言いました。

「あやつがシロベか。ようし。こら、シロベ、やめろ。やめて、上がって来い」と、又、代官がどなりました。

シロベは、ゆっくりと鍬を下ろすと、穴から上がって来ました。

「こら！　シロベ。きさまは、誰のゆるしを得て、この土地を掘りかえしたのじゃ」

代官が、声を荒くして言っても、シロベは黙ったまま立っていました。

「こらっ！　シロベ、答えぬか！」

代官は、顔をまっかにして言いました。

赤い顔が、夕日に照らされて、火のようになりました。

「神さまでごぜえやす」

シロベの言葉は、静かで涼しい風のようでした。

しっかりと顔を上げ、堂々と答えるシロベは、ただの百姓には見えませんでした。

声をはり上げて威張っている代官より、大きく立派に見えました。

「ふざけるな！　とに角、この土地は庄屋のものだ。すぐにやめろ」

「いいえ、やめません」

シロベは、そう言うと、向きを変えて、穴の方に向かって歩き出しました。

その時でした。

怒り狂った代官は、刀を抜いて、シロベの後ろから切りつけたのです。

「ぶれい者！　ええいっ！」

背中を切られたシロベは、そのまま穴の中に落ち込んで行きました。

「ああっ。シロベさん！」

村人たちが、シロベを助けに行こうと立ち上がると、代官は、刀をふり上げて、

「お前らも殺されたいか」と、言いました。

村人たちは、又、すわりこむしかありませんでした。

その時、

「どどどど、ごおん。ぐらあん」と、大地が大きくゆれ出したのです。

村人たちは、地面にしがみついてこらえました。

「おお、どうした。どうしたことだ。地面がゆれる。目がまわる目がまわる」

代官や庄屋や家来は、ぐるぐる回りながら、次々と穴の中に落ち込んで行きました。

それと同時に、穴の中からゴオゴオと音がして、水が吹き出したのです。

「おお、水だ。水だ。水が出たぞ」

水は、広い穴の中を、渦をまきながらあふれだしたのです。

その水の中で、代官も庄屋も家来も、溺れて死んでしまいました。

やがて、穴は、水を満々とたたえた沼になり、静まっていきました。

月が出ました。

まんまるな月でした。

静かな沼の水面を月の光が照らしていました。

「シロべさーん」

「シロべさーん」

村人たちは、シロべを探しましたが、とうとうシロべさんは見つかりませんでした。

「シロべさんは、きっと、水になったんだ」

村人たちは、そう言い合って、このシロべ沼の水を大切にすることを誓い合いました。

タロべの姿も見つかりませんでした。

だから、シロべ沼は、子どもを恋しがるシロべが、沼に来た子どもをひきこむと言い伝えられ、入ってはならぬと言われるようになったのです。

「シロベ物語」の種

采女小学校（群馬県佐波郡境町）は、町の一番北の旧采女村にあった。その又、北のはずれに、シロベ沼と呼ばれる沼があった。（今は、放置されている）

美しく透き通った水をたたえた大きくも小さくもない沼だった。

そのほどよい大きさと、水の美しさに、誰でも、ちょいと入って泳いでみたくなるような沼だった。

まわりは、短い葦に囲まれていた。

その沼で、よく、子どもが溺れて死んだ。

主に、隣の東村の子どもたちだった。

采女村の人達は、子どもたちに「シロベ沼に入ってはならぬ」と、きつく言っていたので、誰も近よらなかったが、東村には、そういういましめはなかったらしい。

私は、なぜ、シロベ沼に入ってはならないのか。なぜ、子どもが、溺れるのか、調べることにした。

まず、「シロベ」という名前が気になった。ふつうなら「シロベエ」だろうに……。

そうして、少しわかったことは、そもそもこの辺の山や川の名は、アイヌの言語が多いということである。

例えば、アカギ、トネなど、アイヌ語源とわかってきた。

ただ、このシロベ沼が、いつ頃出来たのか、ついにわからなかった。

アイヌが、この関東北部にもいたということはわかっている。

しかし、いつ頃までいたのかは、はっきりしない。

坂上田村麻呂が、東夷を平定した時代と考えると、平安時代初期ということになる。

ただ、シロベ沼を見るかぎり、そんなに古い時代とは思えなかった。

それで、わかりやすく、庄屋や代官というものを登場させた。

代官と呼ばれる役職が登場するのは、鎌倉時代からであり、庄屋は、江戸時代である。

よって、この物語は、江戸時代ということになる。

庄屋は、名主とも呼ばれていた村役人の代表で、租税や罪人のとりしまり等もしていた。（庄屋は関西、名主は関東だと言う）

その上にいたのが代官で、時代劇などでは、いつも、ワイロなどをふところに入れる悪い奴の代名詞みたいになっている。

そのように腐敗したのも、江戸時代に入ってから、泰平の世がつづき、刀よりも金がものを言う時代になったためである。

それはさておき、江戸時代とすると、シロベが沼の中で消えてしまう話は、ちょっとひっかかった。

古くするには、地頭などを登場させなければならないが、どうも、地頭では、子どもたちにわかりにくい。

それで、代官と庄屋でいくことにした。

地元のじいさまやばあさまに、いろいろと話を聞き歩く中で、近くの渕名神社にシロベが祠られているという話も聞けたので、行ってみたが、どうもそれは、はっきりしなかった。

ただ、満月の夜（十五夜）、渕名神社で、昔は祭礼があったという話を聞いた。

それが、シロベと関係があるのかもしれないと思った。

一人の百姓が、命がけで作った一つの沼が、この辺の多くの人々のいのちをつないだということは確かなのだ。

この話は、采女小で、人形劇として上演し、島小では、野外劇として上演した。島小での野外劇上演では、特筆すべきことがあったが、それは次巻にまわすことにする。

リズム構成

ふりむけば花びら

◇高学年用◇

①

青森県で、縄文時代の大規模な遺跡が発見された。三内丸山遺跡と呼ばれるその遺跡の発見によって、今までの考古学の定説もくつがえされるかもしれないと言われている。縄文時代は、今から九千年ほど前から、七千年もの長い間続いた。人が、人間らしいくらしを始めた時代だ。

私たちは、今日、その時代に戻って、人間とは、どういうものだったのかを考えてみたいと思う。

〈曲、風の大地〉

②

子どもが、生まれる。

子ども（乳幼児）の三割しか育たないきびしい時代であった。だから、子どもは、みんなの宝。村中が、我が子として育てていった。

〈曲、花かんざし〉

③ 子どもたちは、年寄りたちから、土器や布の作り方、けものの獲り方、弓矢やわなのあつかいを教わった。

子どもたちは、年寄りたちの話に目を光らせ、「それで？　それから？……」と、いつまでも聞きたがった。

そこから、狩りの名人や、土器づくりの名人が育った。

それは、みんなの喜びだった。これが、縄文時代の学校だ。

〈曲、山童〉

④ しかし、大自然は、いつもやさしいとはかぎらなかった。人々は、子どもたちのすこやかな成長をねがい、自然よ、安らかであれと祈り、そして、その恵みに感謝した。それはやがて、祈りの祭りとなった。

〈曲、祭り神〉

⑤ 大人たちは、力を合わせて大きな建物をたて、舟を作り、生きるための

たくさんの智恵を生みだした。栗を栽培し、布や土器を作り、協力して狩りをした。

〈曲、森渡り〉

⑥

遠く海を渡って北海道へ、矢じりやナイフの黒曜石を求め、秋田に天然のアスファルトを求め、更にはるか、糸魚川に玉のヒスイを求める。

小さな丸木舟たちを一つにして、大きな夢に向かってこぎ出して行った。


〈曲、天の湖〉

⑦

三内丸山遺跡は、縄文の人々の汗と涙の遺跡でもある。今、遠く、その時代をふり返ってみると、美しい花びらのように見える。

人々が、信じ合い、助け合い、精一杯に生きていく。

現代のぼくたちが、なくしかけている本当の人間らしさを、みずみずしくたたえている。

ぼくたちも、ふりむけば花びらのように見える人生を、精一杯生きていきたいと思う。


〈曲、中国の詩〉

リズム構成

海を渡った縄文人

◇高学年用◇

場面一　縄文のくらし

ナレーション　一九九六年八月十四日、耳を疑うようなニュースが飛び込んできました。日本から六千キロメートルも遠く離れた、南太平洋のバヌアツ共和国のエファテ島で、日本の縄文土器が発見されたというのです。なぜ、五千年も昔の縄文土器が、はるか彼方の南方の島に渡ったのでしょうか。そのニュースと共に、南米エクアドルでは、大量の縄文土器のかけらが出土しているというニュースも伝えられています。日本の縄文人が、小さな丸木船で太平洋を渡って行ったということなのです。

今から五千年ほど昔の縄文中期、人々は大規模な集落の中で作物を栽培し、狩りや漁をし、力を合わせて暮らしていました。

音楽1　草原伝説（姫神「風の縄文」）

場面二　天災

その頃、日本列島は、大きな、地殻変動に見舞われていました。激しい火山の爆発と凄まじい大地震、さらには海岸線の後退による平野部の塩害のため、作物の栽培も不可能となってしまいました。人々は逃げ場を失い、住む所もなくなってしまったのです。

音楽2　サイゴン・リュニオン（喜多郎「ヘブンアンドアース」）

音楽3　襲撃・拘禁（喜多郎「ヘブンアンドアース」）

場面三　再起する人々

ナレーション「お父さん、見て、空がこんなに青いよ」

「お母さん、土のあいだから小さな花を見つけたよ」

人々は、生きる意欲をとりもどし、海の彼方に新天地を求める決意をしました。そして、長い航海のための準備を始めました。

音楽4　アルマゲドンのテーマから「アルマゲドンのサントラ」

場面四　航海

ナレーション　縄文人は、ついに民族大航海の出発の日を迎えたのです。その先に何があるのかもわからない大海に、木の葉のような丸木船をうかべて、こぎ出したのでした。船団は南に向かい、やがて赤道反流に乗って東へ東へと進んだのです。ある時は激しい嵐にも出合ったはずです。しかし人々は、力を合わせて乗り切っていったのです。

音楽5　コズミックウェーヴ（喜多郎「シンキングオヴユー」）

場面五　上陸

ナレーション　そうして、ついに陸地を発見したのです。

音楽6　神々の詩（姫神「神の祭り、風のうた」）

しかし、縄文の人々は、南太平洋の島々に到着しただけでは、満足しなかったのです。さらに東へ、ポリネシアの島々を経て、南アメリカ大陸にまで到着したのでした。それは、ペルーのインディオと、日本のアイヌ民族の遺伝子が最も近いということでもはっきりと証明されたのです。

困難に向かって、人々が一つになって挑戦する。どんなに苦しいことがあっても、ひるまず励まし合い、挑戦し続ける。それが、僕らの祖先だったのです。

人間とは大きなものだ
人間とは小さなものだ
私の中を流れる命は
幾千世代の命の続きにある
生きよ　命の大海の中で
咲けよ　命の荒海の中で

音楽７　母なる大河　喜多郎「ＡＮＣＩＥＮＴ」

「ふりむけば花びら」「海を渡った縄文人」の種

私は、若い頃から、縄文や弥生の人たちの生活に興味があった。生活の厳しさはわかっていたが、それ以上に、人々が、力を合わせて生きていたことに憧れがあった。

その最大の理由は、自分の幼年期の育ち方にあった。

いじめられっ子で、いつも友達から阻害され、時には、生命の危険すら感じながら生きていた頃、いつも、「どうして、みんな平等に仲良く出来ないのか」と思っていた。勿論、そんな難かしい言葉ではなく、「みんな同じなのに……」「なんで、俺だけいじめられるんだ」「(ボス)の家来にならなければ、仲間に入れないんか」というふうに思っていた。

そして、石器時代から縄文時代の読み物を手当たり次第に読んでいた。

それからしばらくの間、すっかり忘れていたのだ。

そして、ある日、「青森の三内丸山で、縄文時代の巨大な遺跡が発見された。この発見で、縄文の定説がくつがえされるかもしれない」

というニュースを聞いた。

すぐとんで行きたかったが、ようやく時間がとれたのは、一年程たってからだった。発見から、かなり経っていたので、住居や謎の巨大四本柱や、大建造物なども復元されていて、自分の想像力で古代の村を思い描くことは出来なかったが、それでも、その規模の大きさは、今まで自分の思い描いてきた縄文のイメージを、大きく変えるものであった。

私はその村の中を歩き、古代の人たちの生活のざわめきを聞きながら思ったのだ。

このように、古代の祖先達の生き様をふり返った時、そこに、一種の憧れを感じるのは、現代人が失った人間としての美しいものがあると思うからだろう。

今までの常識をくつがえしたこの三内丸山遺跡の発見は、私の想像をますますふくらませてくれた。

それまでは、「狩りをしながらくらし、獲物がいなくなると、移り住んでいた」というのが、定説だった。

しかし、栗を栽培し、舟を操って、遠く、北海道や糸魚川、いやいや、小笠原の方まで行っていたということも明らかになった。

それを、なんとか、リズム構成にしてみたいと思った。

しかし、問題は、音楽である。

そうして、ようやく、「風の大地」や「花かんざし」の曲に出合ったのである。

それは、自分自身に省みて、今を美しく生きてこそ、人生は、素晴らしいものとなるのだと知ってほしいという願いと通じたのである。

ただ、古代の話とするのではなく、それを題材として、どう生きるかということを考えてほしいと思ったのだ。

そして、この三内丸山の問題は、更に次への「海を渡った縄文人」へとつながるのである。

私は、以前から、アメリカ大陸へのモンゴロイドの移動を「氷河期に凍結したベーリング海の上を人々が歩いて渡って行った」という説に疑問を持っていた。

あるいは、その経路を必死に通ったグループもあったかもしれないが、そのルートはどう考えても過酷に過ぎる。

極寒対策は、当然やっていたと思うが、零下50℃~60℃という寒さの中、何の獲物もいない氷の世界を歩きつづけることを考えただけで、不可能としか思えなかった。

しかし、アメリカ大陸には、インディオとかインディアンと呼ばれた人たちが、住みついていたのだ。

そこで、私の勝手な想像で、「海を渡ったのではないか」と思っていたのである。その方が、ベーリング海を渡るよりは、楽ではあるまいか。でも、証拠がなかった。

ところが、ある時、「南太平洋の島国、バヌアツ共和国のエファテ島で、三内丸山のものと思われる土器が発見された」というニュースがとび込んできた。

私は、思わず立ち上がっていた。

「やっぱり‼」

その後、南米エクアドルでも、縄文土器のかけらが、大量に出土したというニュースがきた。

科学検査によると、エファテ島の土器の土は、三内丸山のものと判定された。エクアドルのものは、エクアドルの土であったが、作り方は、日本の縄文土器の作り方であったと言う。

これも、リズム構成にしたいと思い、他の多くのものと、胸の中に入れて、あたためていた。
そんなある時、たまたま点けたテレビから、ぴったりの曲が流れてきた。
とたんに、「海を渡った縄文人」が甦ってきた。
そこで、その曲を調べてみた。
姫神の「神々の詩」であった。
体の中が、燃えていた。久々の快感であった。
こうして、「海を渡った縄文人」が生まれたのである。

リズム構成

謎のムー大陸

◇高学年・中学生用◇

解説

南太平洋に浮かぶ小さな島、イースター島には、有名なモアイ像が、数多く立っています。

このモアイ像については、様々な学説や憶測、そして、たくさんの伝説があります。

しかし、誰がいつ、何のために、こんな巨大な像を彫り、ここに立てたのか、多くの研究者が、研究し、推理をしていますが、いまだに、はっきりしないのです。

世界の七不思議の中で、このモアイ像は、最も謎がふかく、あるいは、永久に謎のままで終わるだろうとも言われています。

そのモアイ像にまつわる伝説の中で、一番夢がふくらむのがムー大陸との話です。今日は、そのムー大陸とモアイ像の言い伝えを、表現したいと思います。

ナレーション　今から数千年前、そう、五千年とも、七千年とも言われる昔、太平洋にムーと呼ばれる、高い文化を持った大陸があった。

ムーは、王国であったが、ムーの人々のすぐれた技術は、今も考えられない程、進んでいて、海をへだてたインドやアラビアの国々も、貢物を献上するほどの勢いだったと言う。

石を細工する技術、それを運ぶ技術、そして、漁をする技術、そして、何よりも、あらゆるものから金を取り出すという、優れた錬金術を持っていた。

王さまが、たましいとひきかえに、何でも金にしてしまう手を悪魔からもらい、自分の娘まで金にしてしまうという話は、ムーの話が、アラビア半島に伝わったものだとも言われているが、ほんとうに、そのようなわざを持った人たちだったと言うのである。

ほら、ムーの人たちの仕事が始まった。

音楽〈アントン〉①

ナレーション　こうして作られた金を初めとする品々は、船にのせられ、遠く、インド、アラビア、そして、エジプトにまで運ばれ、他の珍しい品物と交換された。すなわち、世界最初の貿易を行ったのである。

音楽〈ハッピーアラビア〉②

ナレーション　そして、大陸は活気にあふれていた。しかし、こうなると、ますますゆたかになっていく支配者と働かされる人々とのくらしのちがいは大きくなり、人々から、働く喜びは、失われていった。

ついに、支配者たちは、ムチによって、人々を働かさなければならなくなった。

音楽〈ホバーに魅せられて〉③

ナレーション　黄金にものを言わせたムーの力は、次第にふくれあがり、ついには、強大な、一大帝国になったのである。

そうして、支配者たちの力は、更に強力となり、ゆるぎないものとなっていった。

王侯貴族たちは、毎夜、華やかな宴をくりひろげ、下層の人々は、街の片すみで、安い酒をあおり、歌と踊りに、一日の疲れをいやしていた。

音楽〈サクサワマン〉④

そんなある日、ついに、運命の時がきたのである。

その日、天上より、不思議な歌声が聞こえていたとい言う。

音楽〈ムーヴメント3、後部より〉⑤

ナレーション　神の怒りか、自然の脅威か、突然、激しく大地が揺れ、一夜にして、太平洋の海底ふかく、ムーの大陸は、没してしまったのである。
わずかに生きのびた人々は、小さな島にたどり着いた。それが、イースター島であった。

◎〈北へ〉

人々は、ムーの大陸を再び呼び戻すべく、モアイ像を作った。

それは、失われた大陸への祈りでもあった。

そのために、モアイ像のどれもが、「ムー」と叫び、同じ海の方をむいて建てられたのだという。イースター島に行くと、今でも、モアイの祈りの声が、呪いのようにどこからともなくひびいてくると言う。

音楽〈ムーヴメント6〉⑥

しかし、今、このモアイを作った人たちの末裔も、いや、こんな大きな石を切り出す技術を持つ人々も、このあたり一帯には存在しないのである。

モアイ像を作った人々は、一体どこへ消えてしまったのであろう。

私たちは、ふと、自分の国、日本を考える。

同じ太平洋に浮かぶ国、日本は、ムーの帝国とちがうだろうか。

私たちは、この国が、ムーと同じ運命をたどらないためにも、正しく学び、かしこくなりたいと思う。

音楽〈アフロディテ〉⑦（退場）

「謎のムー大陸」の種

「太平洋の真ん中に、ずっと昔、「ムー」という大陸があって、進んだ文明を誇っていたそうだ」

と、いう話を幼い頃に聞いた覚えがあった。

でも、すっかり忘れていた。

しかし、今どきの地球の状態に悲嘆にくれている時、ふと、ムーのことを思い出したのだ。

ムーは、インドやペルシャ等とも交易していたと言うし、錬金術までもそなえていて、支配者のくらしは、贅沢三昧で、次第に退廃していったのだ。

そうして、神の怒りかどうかはわからないが、突然、海中に没したのだという。

今、地球上には、驕りたかぶった国々がある。

その驕りが、自らの地球を破壊していることに気づいているのか、いないのか、恥ずることもなく破壊を加速している。

それを思った時、ムーの話を蘇らせてみようと思ったのだ。

しかし、それらしい音楽がなかったが、いろいろ聞き漁っているうちに、センスのハッピーアラビアに出合った。

これならいけるかもしれない、と思った。

それから、ムーについての文献を当たった。

しかし、どれが真実なのかはわからなかった。私は私の中であたためていたムーで、まとめることにした。

リズム構成

マコンデの木

◇高学年用◇

ナレーション　アフリカ大陸の中央部に、マコンデ族と呼ばれる小さな部族がある。このマコンデ族は、複雑で精密な彫刻をし、「杜の彫刻家」とも言われている。村中の誰もが、彫刻の名手であり、その先祖たちも名手であった。それなのに、いつ、どのようにしてそうなったのかを、誰も知らない。

曲①　ダンス・オブ・サラスバティ（喜多郎）

ナレーション　アフリカの深い深い森の中、昔からマコンデの人たちは、けものを追い、木の実や野生のいもなどを収穫し、仲良く、助け合って暮らしていた。

曲②　ガゼルの歌（姫神）

この森の中に、「マコンデの木」と呼ばれる巨木があった。

幹の太さは、何十人でかかえても、かかえきれなかったし、その頂上は、どこまでも天に向かってそびえ、雲をつきぬけ、誰にも見届けることが出来なかった。

マコンデの人たちは、この「マコンデの木」を神のように敬い、大切にしていた。そして、この木の中に、マコンデのすべての祖先の魂がねむっていると、信じていた。

曲③　ヒマラヤ（ヴァンゲリス）

ナレーション　その頃、森の向こうの砂漠の国は、力ある大王によって、どんどん勢力を広げていた。それが、とうとうこのマコンデの森へもやって来たのだ。力の小さいマコンデの人たちは、大王の前にどうすることも出来なかった。

大王は、マコンデの森に城を築き、四方に命令を下した。誰もが、大王の前にひれ伏すのであった。

しかし、マコンデの人たちは、大王よりもマコンデの木を崇めていた。

それを知った大王は、怒って、マコンデの人たちに命令した。

「マコンデの木を切れ!!」

「えっ!? それだけは、お許しを!!」

「切らなければ、お前らを一人残らず、処刑するぞ!!」

曲④ 燃える阿騎野（東祥高）

マコンデの人たちは、泣きながら、自分たちの命のような木を切った。どこをどう切ったかもわからなかった。ただただ、祈りながら百日もかけて切った。すると、マコンデの木は、天からの怒りのような音を立てて、大王の城の上に倒れ、城もろともに大王をこなごなに打ちくだいてしまった。

〈効果音・近雷〉

曲⑤ 大地燃ゆ（姫神）

大王はいなくなった。しかし、マコンデの人たちは、大切な大切な心のよりどころを失ったのである。その時悲しみに打ちひしがれたマコンデの人たちの心に、一つの声が聞こえてきた。

「このままわしを朽ちさせるな。お前らの先祖がねむっているのだ。はやく彫り出してやってくれ。サア、勇気を出せい」

それは、大地に倒れたマコンデの木の悲痛な叫びであった。マコンデの人たちは、我に返ったように、立ち上がった。

「とっつあまを彫り出せ‼」

「かかさまを彫り出せ‼」

「じいさまも」……「ばあさまも」……「ひいじいさまも」……「ひいばあさまも」……「みんなみんな彫り出そうぞ」

「おおっ‼」

曲⑥　宇宙の歌（鼓動と冨田勲）
こうして、あの素晴らしいマコンデ彫刻は生まれたのだ。

曲⑦　ブレスト（西村直記）……ここは、マコンデ彫刻の表現・⑥か⑦・どちらかを選んでもよい。
「マコンデ彫刻」……それは、マコンデ族の不屈の魂の証である。

曲⑧　黎明（喜多郎）
今も、マコンデの木は、叫んでいる。

「勇気を出せ!!」

「力のかぎり進めば、道は拓ける」

「決して、あきらめるな!!」

私たちの未来にも、沢山の試練や困難が、待ちかまえているにちがいない。そんな時、私たちも、マコンデの木の叫びを、聞きたいと思う。

「勇気を出せ!!」

「決して、あきらめるな!!」

「マコンデの木」の種

アフリカの独立運動が、ガーナのエンクルマの指導によって始まり、アフリカ全土に広がっていった。

若かった私は、そのニュースに心躍らせて、その場所や事件について調べた。

いつのまにか、アフリカの生き辞引きのようになっていた。

そのうち、どこにどんな産物があるのか、どんな人々が住んでいるのかなども知っていった。

例えば、アラビアン・モカというコーヒーがあるが、その産地は、大むねエチオピアで、積み出し港のないエチオピアは、コーヒー豆をモカ港に送り、そこから積み出すので、アラビアン・モカと呼ばれていることや、コンゴの独立運動の中で、何者かが、コンゴを分裂させたことなども知った。

特に、ギニアのセクートーレの運動は、まるで、物語のようだった。

逮捕されたセクートーレを移送する時、口の中に紙をいっぱいにつめこんだと言う。もし、喋れるようにして移送すれば、その移送中に警備の軍人たちが目覚め、状況が、変わってしまうことを恐れたからだ。

原野を走るサイの横腹に、解放戦線のロゴが描かれていたり、いつのまにか、支配者の車のボディーにもそのロゴが描かれていたりして、支配者、主にフランスは、追いつめられていった。

その頃、マコンデ彫刻に出合ったのだ。

その時には、その技に驚嘆したが、特に、物語や、リズム構成にする気持ちはなかった。

それからかなりたったある時、テレビを点けた。

太鼓奏者の林英哲が、太鼓の胴の木を探しにモロッコへ行く話だった。

彼が打つ大太鼓を作れるほどの大木は、日本では、みな天然記念物になっていて伐れないのだ。

モロッコで、木を探し歩いたり、様々な太鼓に出合いながら日を過ごしていると、あるジャングルの中に、その大木があると言う。

ジャングルをかき分けて進んで行くと、少しひらけた所に出た。

そこに、あったのだ。その大木が……。

それを見上げた林英哲が叫んだ。

「滝だ!!」

全く、空高くからなだれ落ちてくるような木の肌であった。

広い板根が、しっかりと大木を支えていた。

英哲はバチをとり出して、板根を打ちならした。

その時、私の背中が、ぞくっとした。

そうして、以前見たマコンデ彫刻と重なったのである。

マコンデは、タンザニアの民である。

タンザニアは、サバンナの国と言ってもよく、ジャングルが少ない。

それと、砂漠化が結び付いたのだ。

この話は、全くの私の創作だが、植民地化されたアフリカの国々が独立したいとねがいながら様々な苦しみを経てきたことなども考えて、書いた脚本である。

リズム構成

フリーダム・アフリカ

◇高学年用◇

南アフリカ共和国。アフリカ大陸の一番南にある国です。この国は、半年前まで、アフリカでありながらアフリカ人の国ではない、白人の治める国でした。
白人たちは、後からやって来て、アフリカの黒人たちを支配し、土地も豊かな資源も自由も奪ってしまったのです。けれども白人たちが来る前は、黒人たちは、広いサバンナの中でのびのびと楽しく、平和に暮らしていたのです。

サバンナの夜明け
ほら、サバンナの夜が明ける。動物たちも生き生きと活動を始める。
〈朝もや・喜多郎〉

祭り

人々は大地の恵みに生きる喜びを歌い踊った。うれしい時もかなしい時も、みんな集まって歌い踊った。

〈エルコ・芸能山城組〉

白人支配

三百五十年ほど前から、アフリカの豊かな大地に目を付けた白人たちが侵略を始めた。南アフリカも例外ではなかった。黒人たちは土地を奪われ、追いたてられ、狭い土地に閉じ込められた。抵抗する者は虫けらのように殺された。こうして、南アフリカは、白人の国となった。美しい砂浜も、金やダイヤモンドを埋蔵する豊かな土地も、全て、白人に奪われてしまった。そうして、黒人隔離政策、アパルトヘイトが始められた。

〈嵐・ロッシーニ〉

労働

黒人だけがホームランドと呼ばれるせまい土地に閉じ込められ、父と母は子どもと老人を残し、白人の町へ出稼ぎに行く。母親は、自分の子どもを置いて、白人の家のメイドとなり、白人の子どもを育てる。自分の子どもに子守歌を聞かせてやることも、病気の時に看病してやることも出来ずに、働かなければならなかった。父親は、ダイヤモンド鉱山や金鉱山で危険な労働を強いられた。白人の何十分の一の安い賃金で……。

〈ガンジー〉

ソウェト蜂起

一九七六年七月、南アフリカ政府が、白人の言葉を黒人の中学校・高等学校で強制的に使わせようとしたのをきっかけに、二万人の生徒が抗議のデモを起こし、たちまち全国に拡大し、労働者や市民も加わり、南ア最大の蜂起となった。何万という黒人の小学生・中学生・高校生がスクラムを組んで抗議した。死傷者の数、数千人。

〈Ｈｏｒｉｚｏｎ・ジョン＆ヴァンゲリス〉

人間は人間

しかし、白人たちが、いくら、南アフリカを勝手に支配し続けたいと考えても、世界の人々の良心を欺き続けることは出来なかった。自由と平等を求めて戦い続ける黒人たちを心ある白人たちは支援していった。命がけで南アフリカの様子を世界に知らせようとした、ジャーナリストやアーチスト。次々に「南アフリカの人種差別政策を許さない」という声が広がっていった。やがて国連も、その声に動かされ、アパルトヘイトへの非難は世界の声となった。南ア政府は、ようやく、国民全員に、選挙権を与えることを約束した。そして一九九四年四月、初めて平等な総選挙が行われ、南ア連邦初めての黒人大統領が誕生した。ネルソン・マンデラ。二十七年間獄中にとらわれていた黒人指導者、ネルソン・マンデラである。

人間は人間。肌の色が何色でも、何の仕事をしていても、学校に入れてもらえなくても、人間は人間。人間の心を持っている。

〈パッセージ・オブ・ライフ・喜多郎〉

フリーダム・アフリカ

「神よ、ありがとうございます。私を黒く創ってくださいまして、私にあらゆる苦悩を具えてくださいまして、世界を私の頭に置いてくださいまして。

私は気に入っている。世界を担うために創られた、私の頭の形を、私の鼻の形に満足している。

それは世の風をことごとく吸い込む必要がある。うれしく思っている。いつでも世界のあらゆる区間を走れる、私の足の形を。

神よ、ありがとうございます。私を黒く創ってくださいまして……」

南アフリカに住む、全ての人々のための国、本当の南アフリカ共和国が、ようやく誕生した。

〈千人の合唱・マーラー〉

「フリーダム・アフリカ」の種

「マコンデの木」でも述べたように、私は、アフリカに深い関心を寄せていた。あちらこちらで、独立ののろしが上がり、様々な形ではあったが、独立が勝ち取られていった。

そうして、いよいよ南アフリカということになった。白人たちにとって、欲望の底なし沼のような所である。

金を初め、ダイヤモンドなどの豊かな地下資源を、白人たちが手ばなす筈はないし、どうなるのだろうと、心をいためながら、遠くで眺めているしかなかった。

その独立運動の中心にいた人物、ネルソン・マンデラが、投獄されたと、ニュースで知った時、これで、当分だめか、と思った。

しかし、ソウェト蜂起が起こり、解放運動は地底から湧き始めた。

その動きは、厳しく弾圧されたが、人々は抵抗しつづけた。

黒人たちは、「アマンドラ」などという民族歌舞団を組織して、世界各地をとび回った。

白人ジャーナリストの中にも、この内状を世界に発信しつづけた者もいて、世界の目が、「南アフリカ」に向けられていった。

そうして、二十七年もの間、牢につながれていたネルソン・マンデラは、解放された。

やがて、平和的に、国民投票が行われ、初代大統領に、ネルソン・マンデラが選ばれたのだ。

しかし、彼は、あれほど酷い仕打ちを受けたにもかかわらず、白人に対する報復をしなかった。

それどころか、民族間の融和をはかるために苦慮していた。

その中で、彼が取り組んだのが、スポーツであった。

それまでは、白人と黒人は、別々のチームであったが、国際試合を行い、混合チームを作って、勝利したのである。

この勝利の瞬間、チームメイトとして、白人も黒人も抱き合って歓喜を表し、スタンドのサポーターも、白も黒もなく握手やハイタッチを交わしたのだ。

こうした、マンデラの施策を見て、強く心を打たれた。

そして、改めて、人を信ずることの大切さを教えられたのである。
そうして、今や、サッカーの「ワールドカップ」を主催するほどに成長している。
私はネルソン・マンデラから多くのことを教えられた。

舞台劇

ほらふき万さん

◇高学年用◇

登場人物

万さん、長老、村人一、村人二、村人三、村人四、村人五、若者一、若者二

ナレーション　むかしむかし、ある山のふもとに、小さな村があった。
みんな仲よく、まるで、一つの家族のようにくらしていた。
そんな中に、一人だけ、みんなにけむたがられている男がいた。
いつもほらを吹くので、みんなは、「ほらふき万さん」と呼んでいた。
ある年のことだ。
春先から全く雨が降らないのだ。

村人一　川の水も枯れ、田植えも間近いのに、苗も枯れ始めていた。
村人二　どうして、雨が降らないのだ。
村人三　川の水が枯れたことはないのに、どうしたのかなあ。
長老　困ったなア。
村人四　とにかく、みんな集まって、どうしたらいいか、考えべえ。
おおい、みんな集まれや。
（村人、村の広場に集まる）
長老　みなの衆、雨も降らず、川の水も来ない。このままでは、田植えも出来ない。御領主さまにお願いして、年貢を免除してもらうしかないが……。
村人五　御領主さまが許してくれるはずはねえ。
（村人たち、ただ困ってうなだれている。そこへ、万さんが、手に手紙を持ってあらわれる）
万さん　おーい、村の衆、大変だ。
村人たち　どうした。どうしたんだ。
万さん　山の主の山んばから手紙が来たんだ。

長老　万さん、なんと言ってきたんだ。
万さん　じゃ読むぞ。しずかに！
「東村のみなさん。わしは、山の山んばだ。今、山の湖には、一つの村のぶんの水しかない。この水を、東村に流すか、西村に流すか迷っている。そのうち決めるが、もし、西村に流しても、わるく思わんでくれ。山んばより」
こういう手紙だ。
村人たち　そりゃあ、大変だ。
村人たち　どうしよう。
村人たち　どうしようかのう。
村人一　万さん、何かいい手はないんか。
万さん　うん、あるにはある。
長老　どうしたらいいんだ、万さん。
万さん　こうなりゃ、西の村に勝つしかねえ。
だから、山んばに、お宝を持って行って、こっちに、水を流してもらうんだ。

村人二　そらあいいが、あのおそろしい山んばの所に、誰が行くんだ。

万さん　それは、わしが引き受ける。

長老　えっ。万さんが行ってくれるのか。

万さん　わしの所に手紙が来たのも、何かの縁だ。山んばも、わしをたよってお

るんだろのう。

長老　それじゃ、万さんに頼もう。

村人三　あの山は、人が入っちゃなんねえ山じゃねえか。

万さん　そらあ百も承知だ。こうなったらあとにはひけねえ。行くしかあるめえ。

長老　よし、決まった。でも、万さん一人では大変だで、若えもんで、手伝っ

てくれるもんはいねえか。

若者一　よし、俺が行く。

若者二　よし、俺も行く。

若者たち　俺も……俺も……。

万さん　ありがとう。ありがとう。でも、そんなにはいらないよ。二人だけでい

い。あしたの朝、九時に、村はずれのお堂の所に来てくれ。

若者一、二　よし、九時だな。

長老　それでは、村の衆、お宝を出来るだけ持って集まってくれ。

ナレーション　村人たちは、お宝を持って集まった。

どこに、そんなものがあったのかと思うようなものまで集まった。

さて、そうして、次の日の朝、二人の若者が、村はずれのお堂に来てみると、お宝を積んだ荷車も、万さんの姿もなかった。

若者一　どうしたんだ、お宝もないぞ。

(そこへ、村人たちがやって来る)

長老　おい、どうしたんだお前たち。

若者一　へえ、万さんがいねんで……。

長老　何？　万さんがいねえ？

若者二　へい。お宝もねえんで……。

村人たち　そらあ、どういうことだ。おかしいなあ。

村人二　あっ、万さんだ。

（万さんが、空の荷車をひいて来る）

村人たち　おーい、万さあん。

万さん　おおみなの衆、ただ今もどった。

若者一　万さん、どうしたんだ。九時に来てみたらいなかったから……。

万さん　えっ。なんだって、九時だって？　わしは、六時と言ったんだ。

若者一　えっ⁉　六時だって？

万さん　そうだ。六時だ。少し待ったが、見えないから一人で行って来た。

若者二　六時？　九時って聞いたけど……。

長老　もう、そんなことはどうでもいい。

とに角、万さん、ごくろうさんだったねえ。

村人三　ところで、山んばには会えたんかね。

万さん　ああ会えた。凄いご機嫌だったよ。

長老　そりゃあよかった。

万さん　ようくわけ話して、お宝出したら、にこにこして、「わかった」って言ってくれたで。

長老　おお、そりゃあよかった。
村人たち　よかった。よかった。
村人四　これで、一安心だ。
村人五　ところで、水はいつごろ来るんだね。
万さん　そらあわかんねが、山んばは、こっちに水をよこすって言ってたから安心だ。
長老　みなの衆、そんなわけだ、今日は一まずひき上げべェ。
村人たち　おお、おお。
（村人たちは、帰って行った）
ナレーション　しかし、二日たっても、七日たっても、十日たっても、川に水は来なかった。
村人たちは、だんだん心配になってきた。
（村人たちが集まって来る）
村人一　水は、いつ来るんだ。
村人二　もう待てねえ。

村人三　万さん、万さんはどうした。
（万さんがやって来る）
長老　万さん、水が来ないのはどういうわけだ。
万さん　さあ。
村人四　さあ、じゃわからねえ。
村人五　どうなんだ。
万さん　確かにこっちに流すって……。
村人五　そんならどうしてまだ来ない。
万さん　うーん。よし、わしがもう一度行って来る。
若者一　よし、俺も行く。
万さん　いや、わし一人の方がいい、わしは、山んばと顔見知りだし、知らない奴が行ったら、どうなるか……ま、とに角、ここは、わしにまかせてくれ。
（万さんは、一人で山に向かって走り出した）
ナレーション　そうして、一日が過ぎ、二日が過ぎ……。村人たちは、ますます心配になった。

長老　万さん、どうしたのかのう。

村人二　帰って来ないなあ。

村人三　山んばにくわれちゃったのかのう。

村人四　えんぎでもないこと言うな！

村人一　みんな、山へ行ってみようじゃないか。

村人五　でも、お山に入っちゃなんねえと……。

村人一　万さんが行ってるのに、そんなこと言ってられるか。なあ、村の衆。

村人たち　そうだ。

長老　よし。それでは、みんなで行ってみよう。

村人たち　よし。（全員立ち上がる）

長老　行くぞ。

ナレーション　村人たちは、ついに入ってはならないと言われていたお山に登って行った。

（暗転）

村人たち　万さーん。万さーん。
ナレーション　そうして、山の中ほどまで来た時だった。
村人二　おい、あれは何だ?
村人三　ほらあなだ。
村人四　山んばの家か⁉
（みんな、こわごわ近よる）
村人五　おや、これは、火をもやしたあとだで。
村人一　あれっ。この中には、米も味噌も、お宝もあるでー。
村人二　どういうわけだ。
長老　こりゃあ、山んばの住家じゃあねえ。
村人三　うん、俺もそう思う。
村人四　どうしてだ?
村人三　山んばの住家なら、いろいろな骨がちらかってるはずだ。
村人たち　そうだな。
村人五　それじゃ、万さんは、どうしたんだ。

長老　よし、それじゃ、てっぺんまで登ってみるぞ。
村人たち　ようし。
ナレーション　こうして、村人たちは、山の頂上をめざして登って行った。
村人一　おお、見ろよ。湖だ。
村人二　でっかいなあ。
村人三　水は、いっぱいじゃないか。
村人四　あれっ！　見ろよ。川の入口が崩れて、ふさがってるでエ。
村人五　そうかあ。それで、水が来なかったんだ。
長老　ようし、そうとわかったら、みんなで、あの土をどかして、水を流そう。
村人たち　ようし。
ナレーション　村人たちは、力を合わせて、川の入り口をふさいでいた土をとりのぞいた。
村人たち　えいさ、えいさ、えいさ。
　やった、やった、やったア。
村人一　おうっ、見ろよ。水が、村の方に、まっしぐらだ。

村人たち　**うわーい。うわーい。**

村人二　**これで、田植えが出来るぞーっ。**

ナレーション　**村人たちは、歌い踊りながら、山を下って行った。**

誰も彼も、わき立つような喜びでいっぱいだった。

いつしか、万さんのことは、誰の心の中にもなくなっていたのである。

「ほらふき万さん」の種

私が教職に就いた昭和二十六年頃は、校長から助教諭まで、全員が、日本教職員組合の組合員であった。

しかし、私は、一人で、「わけのわからぬものには入れない」と言って、抵抗した。

校長室に三度も呼ばれ、組合に入るように説得されたが、断りつづけた。

「日本中で、お前だけだ」と言われたり、

「一人異物がいるとやりずらい」と言われたり、ある人には、本まで、顔に投げつけられた。

「この本でも読んでみろ‼」

それでも、私は、動じなかった。

「納得出来ないものを安易に受け入れるな」と言う、私の幼い頃からの育ちの中で生まれた考え方のせいだった。

その私を変えたのは、子どもたちだった。

東京大空襲の授業中だった。

一人の女の子（五年生）が、唇を紫にして、ふるえ出したのである。

放課後、私は、彼女の家へ行ってみた。

小さな土蔵の中で、母子三人が、ひっそりとくらしていた。

いろいろ話しているうちに、父親が川崎の空襲の時、目の前で直撃を受けて、亡くなったのだとわかってきた。

私は、すごく胸がいたんだ。

組合員が、「再軍備反対」と言えば、「私は賛成だ」と、わざと言い出し、激論をまきおこしたりしていたのだ。

それは、一つには、組合員という人たちのスローガン主義に辟易していたからだ。パンフレットが配られても、いつまでもそのままで読みもしないのに、スローガンだけは、一様に言う。

それが、私には、たまらなく嫌だったのだ。

だから、私は、それに対して、様々な角度から議論を吹きかけていたのだ。

そのうち、みんなが、パンフレットを読むようになっていた。

そういうのを見て、「よしよし、だいぶ進歩したな」などと思っていた。

しかし、この女の子の家族が体験した事実は、私の不真面目な生き方を激しく叱っているように思えた。

翌日、私は、校長に、「組合に入ります」と、申し出ていた。

およそ、一年が経過していた。

「あいつは、箸にも棒にもかからない奴だ」と思っていた先生たちは、一様にびっくりしたようであった。

私は、組合員になったが、役職は、一切受けなかった。

ところが、勤務評定が強行施行されると聞いて、その時だけ、支部役員になった。教員だけでなく、全ての人が選別、差別される社会には、本当の協調や協力は失われると思ったからだ。

今、あらゆる所で、競争の原理が定着し、人々（子ども）は、勝ち負けで分けられている。

そうしていながら、「仲よくしなさい」「いじめてはいけません」と言うのだ。

その矛盾が、人々（子どもたち）を混乱させている。

その当時、この勤務評定を強行施行したために、現在の学校の問題の根源が生まれたのだ。

私は、そうなることを恐れて、ドンキホーテのように、巨大なるものに、剣をふるった。

当時、群馬では、「勤務評定を書く義務は、校長にはない」という訴訟を起こそうという気運があった。

これは、かなり効果的な闘い方だと私は思い、秘密裏に、自分の郡の校長、一人ひとりを説得していった。

我が校の校長は、「三人まとまれば……」というので、見込みのある三人を説得した。その三人目の校長は、「石塚君、十人まとめてくれないか。三人ではよわい」と言った。

そこで、更に、一人ひとりと語り合い、ついに八人までまとまった。

あと、二人だ。

しかし、このあとの二人は、難関であった。

校内で、その話をしていたら、「県の役員に相談してみよう」ということになった。

そこで、別の人（校内の分会長）が、組合に電話したら、当時の副委員長が出たと言う。

実は、この運動を中心になって進めていたのは、書記長だった。

副委員長は、「そこまで行ったのなら、頭をとっちゃおう。私がそちらへ行くから、みんなを乗せて、行く」と言ったと言う。

私は、少し不安だった。というのは、書記長と、副委員長の考え方がくいちがっているという噂を聞いていたからである。

来るという日、一緒に行く予定の私と分会長は、じりじりして待った。しかし、なかなか来ないので、組合へ電話をした。

そうしたら「出ました」と言った。

そこで、当該校へ聞いてみると、

「もう、帰りました」と言うのだ。

「しまった」と思った。

その日、急遽、臨時校長会が持たれ、内々「訴訟する」と約束していた校長たちは、「一致して行動する」という約束を破ったということで、ひどい非難を受けたと言う。

そうして、私は、支部の中で、「単独行動をした」と非難された。

後にわかったことだが、組合の中にも派閥があり、その争いの中に巻き込まれてしまったらしい。

後日、この話を書き上げ子どもたちに読み聞かせ、更に、野外劇にし、更に、舞台劇にもしたのだった。

その度に、この「万さん」に、してやられたことを思い、悔しい気持ちになったものである。

その後、組合は、分裂し、弱体化していった。

リズム構成

和銅開弥秘話　羊の太夫伝説

◇高学年・中学生用◇

◯多胡碑碑文

「弁官《べんかん》の符《ふ》に、上野国《かうづけのくに》片岡《かたおか》郡《ごおり》緑野《みどの》郡《ごおり》甘楽《から》郡并《ならび》三郡の内三百戸を郡と成《な》し羊に給して、多胡郡と成すとあり。和銅四年三月九日甲寅《きのえとら》の宣《せん》なり。左中弁《さちゅうべん》は正五位下《しょうごいのげ》・多治比真人《たじひのまひと》、太政官《だじょうかん》は二品《にほん》穂積《ほずみ》の親王《みこ》、左大《さだい》臣《じん》は正二位石上《いそのかみ》の尊《みこと》、右大臣は正二位藤原《ふじわら》の尊《みこと》なり」

◯読み方

……漢文的書き方を、大和的にしようとしている跡が見える。

ナレーション　今から、千三百年ほど昔、朝鮮は、高句麗《こうくり》、新羅《しらぎ》、百済《くだら》、任那《みまな》の、四つの国に分かれ、たがいに、争っていた。

人々の中には、新天地を求め、西へ、東へ、波涛をこえ、熱砂をこえ、出て行く者も少なくなかった。

その中に、羊という者をかしらにし、しっかりと固まった新羅人の集団があった。

まゆ、瓦をはじめ、すぐれた建築技術と、何よりも、銅を見つけ、とりだす技術にすぐれていた。

羊たちは、はるか東方、まだ知らぬ国、大和に向かい、大海に船をこぎだしたのである。

《メイン・テーマ》

大和朝廷は、この技術者集団を喜び迎えた。

《ファルーカ》

羊たちは、上ッ毛の山合いの荒れ地を耕し、村を作った。

そして、山々をたずね歩き、ついに秩父の山中に、銅の鉱脈を発見したのだ。

和銅の発掘、精製に、羊たちは努めたのである。年号は、和銅と改められた。

羊たちは、疲れると、広場に集まり、ふるさとへの思いを語り合った。

《キャラ》

《北天を翔《かけ》る》

そんなある日、すばらしい知らせが届いた。

「上野国《こうづけのくに》片岡郡《かたおかごうり》緑野郡《みどのごうり》甘良郡《からごうり》幷《ならび》三郡内《さんぐんのうち》三百戸《さんびゃっこ》郡成《をぐんとなし》給羊《ひつじにたもつ》成多胡郡《たごぐんとなす》」

渡来人を中心とした郡を作り、それを羊に給うというのだ。

ふるさとを後にして幾星霜、ついに、その苦難が報われたのである。

しかし、こうして、朝廷に重く用いられれば、用いられるほど、「よそ者のくせに」という、ねたみ、そねみがはげしくなっていった。

羊は、次第に、朝廷へ参上するのが、心重くなり、足が遠のいたのだ。

《極地のこだま》

やがて、「謀反《むほん》の心あり」と、ざん言され、大軍をさし向けられた。館は焼かれ、七人の娘も、手下たちも殺され、羊たちの夢は、儚くも消えてしまったのである。

羊は、秩父に逃れたと伝えられるが、その後の消息は、杳《よう》として知れない。

《生きるためのたたかい》

後になって、羊たちに謀反の心などなかったと、朝廷にわかったのだが、遅かった。とり戻すことの出来ない大きなものを失ったのである。

人の心のおろかさを思う。

羊たちのかなしく無念な心のうちを思う。

《妙音鳥》

私たちは、こうした歴史の中から学ぶ。

そして、二度とふたたび、同じ誤ちをくり返さないための智恵と心をみがき、新しい歴史という大海に向かって、雄々しく船をこぎだそうと思う。

《メイン・テーマ》

「和銅開珎秘話　羊の太夫伝説」の種

上毛三古碑の一つ〝多胡碑〟は、群馬県多野郡吉井町池御門にあり、その碑文をめぐって、様々な学説がとびかった。

石は雨引石（多胡石・凝灰砂岩）で、碑文の文字は、中国六朝時代の書体で、多くの書家の注目も集めている。彫り方は、薬研彫りと言われるもので、するどい。

特に、問題となっていたのは、「羊」という一文字であった。

多胡という新しい郡を、国府から羊の方角に作り、給した、とする方角説と、「羊」という名のかしらに給したのだ、とする人名説があって、長い間、どちらも決めかねていた。

ただ、この地の人々が、この碑を「おひつじさま」と呼ぶことや、「羊大夫」の伝説もあり、人名説が有力であった。

それを決定づけたのが、上ッ毛国分寺跡とみられる遺跡から出土したひさし瓦の「羊」という文字と、吉井町黒熊の浅間山付近より出土した「羊子三」の銘の入った瓦である。「羊子三」、それが、「羊」の姓名であることは、確かであろう。

帰化人……大陸から、果てしない夢を抱いて、大海に乗り出した多くの人々。そのうちのどれだけの人が、これほどの重い扱いを受けたのだろう。帰化人のかしらに、一つの郡を給したのである。想像を絶する歓喜が、天をこがしたことだろう。

多胡碑を見つめていると、狂喜乱舞する人々の姿が思いうかんでくるのだ。

しかし、朝廷から重く用いられたために、そねみ、ねたみを受け、次第に、都へ行く足が重くなっていったのだろう。それを「謀反の心あり」と、ざん言され、ついに、大軍を向けられて、せめ滅ぼされてしまうのである。（八束小脛《はき》伝説）

ここにも、事実を確かめもせず、言いつけ口や、陰口を鵜のみにする日本人の非科学性や帰化人に対する排他性などを見ることが出来る。

しかし、それにしても、蚕や、瓦などの技術の伝達だけで、（それはそれとしてすごいものだが）一つの郡を与えるほどの功労とするには、疑問が残る。

私は、碑文にある、和銅四年の年号が気になり、大胆な仮説を立てた。「和銅」……すなわち日本初の銅の発見者、又は、その精製にかかわったのではないのか。……私は、秩父の和同遺跡へ行ってみた。発見者は「羊」ではなかった。しかし、秩父と吉井、山越えで、一日行程である。私は、羊一族が、銅とかかわっていたという考えを捨てられなかった。

そうしたら、絵本『ぐんま風土記』に、いともかんたんに、そう書いてあったので、がっかりしてしまった。確かめられたのだからがっかりすることもあるまいと思うだろうが、実は、主な歴史書に、このことは明記されていないばかりか、和同遺跡は、主に、中国地方に存在すると、書かれているのである。だから、私のこの考えは、私のものだと、思いこんでいたのだ。

さて、私は、この構成を、「夢とロマン」に主題をおこうか、「日本人の心の狭さ、愚かさ」におこうか、少し迷ったが、後者にしておくことにした。

（以上、ここまでが、私の浅い知識で、推測したものである）

さて、吉井町資料館を訪ね、この記を読んでいただいて確かめてもらったが、大すじで、誤りはないと、認めてもらった。ただ、一ヵ所、国分寺遺跡から「羊子三」のひさし瓦が出土した、と書いた部分だけ、訂正された。しかしある本には、そう記されている。

そして、いくつもの資料等をいただいた。それを読み、ここに書きおとしていた、いくつかのことを列記し、補足する。

一つは、碑のそれぞれの長さである。下図で見られるとおり、cmにすると、はんぱである。しかし、これが、唐尺の長さであり、その割合は$\sqrt{2}$で、人間の目に、最も調和のとれたものとなっている。

和銅というのは、七〇七年のことであるから、今から千二百八十年昔、$\sqrt{2}$という計算で、建造物が作られていたのだ、ということになる。全く、おどろきである。

○参考、日本の古碑
1、道後温泉碑、推古天皇四年（五九六）

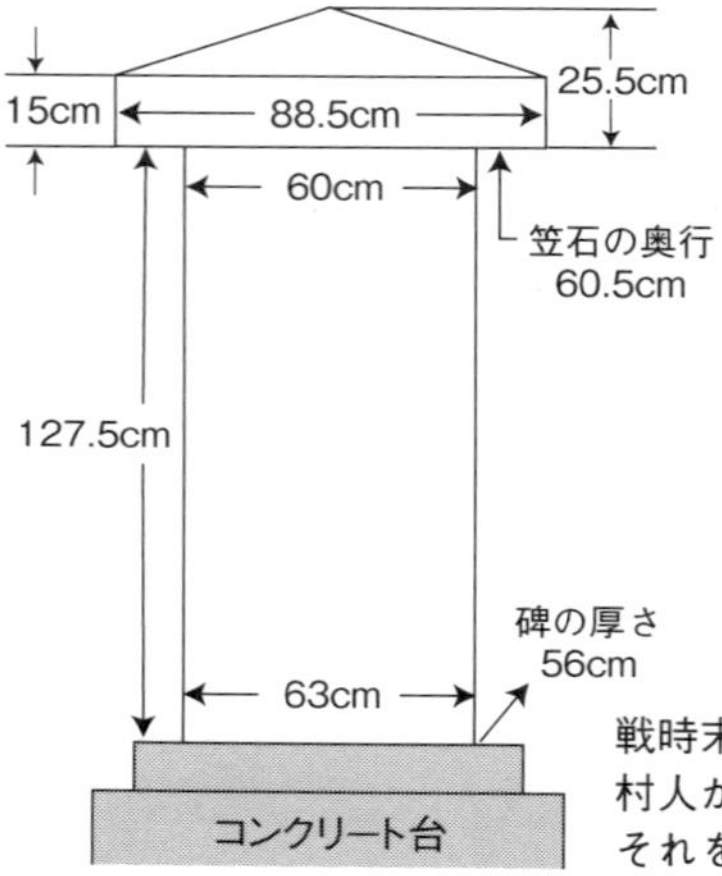

戦時末期、米軍に破壊されると怖れ、
村人が地中に埋めた。
それを戦後掘り出し、建て直した。

所在不明

2、宇治橋断碑、文化二年（六四六）三分の一のみ。

3、山ノ上碑　天武天皇九年（六八一）・上ッ毛（高崎）

4、采女竹良塋域碑　持統天皇三年（六八九）所在不明

5、那須国造碑　文武天皇四年（七〇〇）・那須

6、多胡碑、和銅四年（七一一）・上ッ毛（吉井）

7、超明寺断石　養老元年（七一七）偽作説あり。

8、元明陵墓碑（六六一～七二一）?:容易に見られず。

9、金井沢碑、神亀三年（七二六）・上ッ毛（高崎）

10、仏足石　天平感宝五年（七五三）薬師寺

11、仏足石歌碑　天平勝宝五年（〃）〃

12、多賀城碑　天平宝字六年（七六一）疑義あり

リズム構成

人間讃歌　田中正造

◇高学年用◇

解説

（「田中正造」……この名を知る人が、どれだけいるのでしょう。まして
や、「田中正造の心」を知る人など……）

わたしたちは、これから、その「田中正造の心」を踊ります。本当の人
間のすばらしさを踊ります。

ここは、群馬県との境にある、栃木県谷中村。今は、一面の葦原とな
り、いくつかの墓石と、雷電の丘が残っているだけの廃村ですが、昔は、
渡良瀬川と思川によって運ばれた肥えた土のお陰で、作物はよくみのる、
ゆたかな村だったのです。

音楽〈非情城市〉センス

村人一　「洪水だっ」
村人二　「堤防が切れたぞうっ」
音楽〈深海〉センス
解説　たび重なる大洪水は、折りしも富国強兵の名のもと、増産に増産を重ねていた足尾銅山の鉱毒をはこんできたのです。
ゆたかな田畑は、見るかげもなくなり、雑草さえも生えなくなりました。
音楽〈シャギリアレディー〉センス
解説　村人たちの悲しみはやがて、怒りとなり、足尾銅山の操業停止を求めて、「押し出し」という名の、請願行動となっていきました。
音楽〈吠える稲妻〉喜多郎
解説①　これらの行動をまとめ、指導してきたのは、国会議員であった田中正造その人でした。正造は、国会の壇上で、鉱毒のために育たない稲や野菜を示し、その惨状を訴えました。
しかし、富国強兵は、国の大事と銅の生産は、ますます盛んになるばかりでした。

ついに、議会に失望した正造は、国会議員を辞職し、天皇に、直訴を断行したのです。

しかし、これも取り上げられることはありませんでした。

政府は、鉱毒事件を治水対策にすりかえ、この地を遊水池にする計画を立て、家屋の立ちのきを迫り、強制的に打ちこわしたのです。

谷中の民は、屋敷あとに仮小屋をたて、「人間の住む所ではない」と、正造の言う荒れ地に生きつづけたのでした。

やがて、田中正造も、谷中の村民の一人となって、人々と共にくらしたのです。そうして……。

嵐の中で、病体を小舟に横たえながらも、この地をはなれようとしない老人や、買収に応じ、新居をかまえた人の誘いに対し、「われら、好んで正しく貧苦にいるもの。人の富はうらやましからず。我ら夫婦は、人の害となることはせざるなり」と、答えた与三郎の妻や、そして、安らかに死んでいった多くの死者たちから、この地で生きることの意味を教えられたのでした。

人間の生きられないこの地で、平然と生きている十六家族、百余名の残留民こそ、生涯、正造が叫びつづけた、「国家は個人の権利に立ち入ってはならない」という志をつらぬきとおした人たちだったのです。

音楽〈ライト・オブ・ザ・スピリッツ〉喜多郎

このようにして、谷中残留民の一人となった田中正造は、大正二年九月四日、永眠しました。枕元に残された頭陀袋に入っていたものは、三冊の日記帳と新約聖書。そして、憲法と数個の石ころだけでした。これが、全てを捨てて、炎のように七十二年を生き抜いた田中正造の全財産でした。

正造の死を聞いてかけつけた渡良瀬沿岸をはじめとする農民数万の涙は、どうとしてしたたり、渡良瀬川の流れの音をもさえぎるほどだったと言います。

音楽〈グロリアーナ〉ヴァンゲリス

私たちは、田中正造の生涯をとおして、人間とは何か。学ぶとはどういうことか、ということをふかく考えさせられました。正造の心を心として、これからしっかりと学んでいきたいと思います。

音楽〈川〉センス

（注）解説が少々長い。しかし、どうしても、これ以上切れない。そこで、田中正造についての資料を見る人たちにあらかじめ配布しておけば、解説を短くしても、通ずると思うので、省略する場合は、そのようにお願いしたい。

「人間讃歌　田中正造」の種

田中正造の物語の種などと言うと、笑われそうである。田中正造と言えば、日本の公害闘争の原点の人物と、誰もが知っているからである。ただ、私自身が、田中正造に憧れていて、いろいろな文献を読んでいたというだけのことで、とても、リズム構成になるなどとは、夢にも思っていなかったのだ。

一九九〇年頃から、六年生の国語の教科書から消されるそうだという噂が流れていた。（事実、そうなったのだが……）

「田中正造」は、六年生の国語教科書の中で、最も重要なもので、「真に学ぶとはどういうことか」ということを学ばせる大切な教材であった。

この教材は、下手な授業をしなくても、読むだけでも子どもたちの心をとらえるものであった。

私は、とに角、様々なことに興味を持つ悪い癖があった。

「田中正造」をもっと知りたくて、旧谷中村にも出かけ、現地調査もした。

その時、廃居となった雷電神社跡に、細々と生きのびている竹を見たのである。

「この竹はすべてを見ていたのだ」と思い「谷中の竹」という舞踊劇を作った。

そして、四年生の春の遠足コースに入れ、荒れはてた旧谷中村を見せておいた。

学年の運動会で、この四年生に「谷中の竹」を踊らせたのである。

しかし、その話は、最後、「村人たちが訴えに出て行ったきり、帰って来なかった」という話で終わりにした。

それは、そのまま、つづけると、農民の敗北で終わることになってしまうのだ。そういう終わり方にはしたくなかったのだ。

だから「谷中の竹は、必死に耐えながら、村人の帰りを待ちつづけている」ということで終わりにしておいたのだ。

子どもたちは、「これからどうなるん？」としきりに気にしていたが……。

そのうち、年はめぐり、田中正造のことは、自分の胸のうちからすっかり消えていたようであった。

そうして、とうとう私の教師生活も最後の年になってしまった。

すでに、六年つづけてきた「リズム構成を創る会」も、近づいてきていた。

低学年用は、「パチャママ」が、用意出来ていたし、中学年用には、「杜子春」が出来上がっていた。

しかし、高学年用は、手がかりもなかった。

毎日、新しいＣＤを買い求めて、車の中でも、家の中でも聴きつづけていた。

これは、いつものことだが、この年ばかりは、何も浮かばず、少々焦りになっていた。

このまま、出来なければ、期待しながらやって来る百数十名の仲間たちに申しわけない。

もうすぐ、夏休みに入る。

いよいよになったら、以前のものをリメイクするしかないが、それは、「絶対にいけない」と、言いつづけてきた本人である。

「同じものをやっては、退廃する」というのが、私の考えであった。

そんな時だった、新しく買い込んだCD二枚のうち、センスという音楽集団の「月の石と地球の水」というCDの最後の曲「川」という曲が流れ始めた。

私は、いつのまにか、立ち上がって歩き出し、そのうち踊っていた。

「田中正造だ!!」

思わず口走った私は、踊りながら、涙があふれてくるのをどうしようもなかった。

その晩のうちに、一気に脚本と使用する音楽が決まった。今まで無駄のように聞き流していた音楽は、全く無駄ではなかったのだ。

このような脚本の出来方は、初めてだった。

そういう意味からも、この作品は、多くの作品の中でも最高傑作と言えるように思う。

最後の退場曲に使った「川」に、私は、次のような詞をつけた。

これは、子どもたちが、心の中で歌いながら踊るものである。

清き心は　ぼくらの　標　いつも　わが胸に　――くり返し四回

たとえどんなに消されても
ぼくら　わたしらは、
たとえどんなに消されても
ぼくらは　わすれない
清き心は僕らの標　いつもわが胸に　――くり返し二回

ああ　この人の歩いた道を
ぼくらも歩きたい
美しき人生よ

たとえどんなに消されても

ぼくらわたしらは
たとえどんなに消されても
ぼくらは　わすれない

清き心は　ぼくらの標
いつも　わが胸に
いつも　わが胸に

そうして、最後に、ふり返って、自分の来し方を差し示して終わるのである。
この振り付けは、脚本が出来たのと同時に決まっていた。

あとがき

私は、高校卒業の時、「君は教師になり給え」と、高校の校長に勧められたが、「先生にだけはなりたくありません」と、断ってしまった。

それは、自分の出会った先生というものに失望していたからだ。

例えば、戦時中は、日本刀を抜刀し、机間を、ねり歩いていた将校上がりの先生が、戦後、いちはやく組合支部の書記長になって、「民主主義」を口にする。(だから、しばらく、組合も信用しなかった)

私が、旧制中学を受験すると言えば、「どうせ落ちるから止めてくれ」と言い、それでも「受ける」と言ったら、「そんなことなら、もう少し内申書をよくしとくんだった」と言い。私がいじめられているのに、いじめられている私を叱る……そんな先生というものが信じられなかったのだ。

しかし、大学受験に失敗して、家をとび出し食うために、陶芸の窯場から窯場へ、薪割りをしながら流れ歩いていた。

そうして、やせ細って家にたどり着いた時、前述の校長から、再び、「君は、教師になり給え」と言われたのである。

それで、「とりあえず先生にでもなってみるか」と、当時はやりの「でも、しか先生」となった。

昭和二十六年、十月のことであった。

しかし、赴任してすぐに、その文化性の低さに唖然とした。

まず、運動会は、村民運動会だったので、地区対抗の点取り合戦なのだ。

太鼓や鐘を鳴らしての応援合戦で、ただただ走り回ったり、戦ったりばかりの、荒れ果てた砂漠のような光景がつづくのだ。

この期間、校舎の中までほこりっぽくなり、子どもたちの心の中までがさがさしていた。

所々に、小さな子どもたちの「お遊戯」とかいうものがあったが、殆どの人が見ていないし、踊っている子どもの表情も死んでいた。

私は、その反省会で、「運動会は、教育の場であるべきです。学校独自の運動会にすべきです」と主張した。

村のお祭りとして村民が楽しみにしている運動会に対し、就任十日の若造が、反旗をひるがえしたのだ。大変なことであった。

それから、いろいろとあったが、三年かけて学校独自の運動会にすることが出来た。

その第一回の運動会で、私は、「野外劇をやりたい」と、言いだしたのだ。

同学年の女先生二人は、「運動会に劇をするバカはいない」と、言って反対した。

私は、「ハイ、私は、バカですから、是非やらせてください」と強引にやってしまった。

それを見た親たちが、感動してくれて、「よかった」「ありがとうございました」と、反対した女先生に言ってくれたので、続けることが出来たのである。

そうなれば、劇の基本的知識や方法を学ばなければいけないと、「日本演劇教育連盟」に加入した。又、そこの夏期大学にも参加して、演劇の基礎を学ばせてもらった。

私は、「教師は、様々なことにわたって専門家でなければならない」と思うようになっていった。

野外劇をつづけているうちに、次第に、ムダが多く、べたついているという思いが強くなった。

それで、「表現とは何か」という課題に向き合い、大道具や小道具を、一切排除していった。

それでも、重い、説明的だという思いが残っていた。

もっと、単純化したい、と考えた末に出来たのが、舞踊化であった。

しかし、この場合は、詞に曲をつけてもらったり、間の動きには、オルガンやアコーデオンで、曲を入れてもらわなければならなかった。

幸い、作曲の出来る人が、行く先々にいてくれた。

ところが、ついに、作曲者がいなくなってしまったのだ。

困りはてた私は、ＣＤから様々な曲を選び出してつなぎ、物語を構成する舞踊劇のようなものを作り出した。

とりあえず「リズム構成」と名づけた。

これを見たある人は、「『舞踊構成』というべきものだ」と言ってくれたが、そのまま「リズム構成」で通してきた。

この「リズム構成」を作る上で、一番大変なことは、音楽探しであった。場面に合った曲がなかなか見つからないのだ。

どれほどのCDを買い漁ったことか。十枚のCDの中で、一曲でもあれば、上出来で、殆ど見つからないことが多いのだ。

一作に、少なくても六曲、多い時は、十曲以上になるのだから、一年に、三本もの作品を作るのは、奇蹟のようであった。

それを、二十年も続けてきたのである。

野外劇時代が十六年。舞踊劇時代が十年。リズム構成時代が十二年。退職後、十五年。「リズム構成を創る会」を結成して二十数年、この道を歩きつづけてきた。

その中で、内面化の原則や、リズムを創り出す方法を学んだ。（そのことについては、後編にゆだねる）

二〇〇八年、会の代表を引退し、若い人たちに後をまかせた。

しかし、それから、新しい作品が生まれなくなった。

そうして、学校の現状が、本当のゆとりのない状態となり、一つのものをみんなで完成させていくような仕事が出来なくなってしまった。

いや、「出来なくなった」のではなく、「やろうとしなくなった」ように見える。

そうした中で、今なおこの「リズム構成」や集団的作業をやりつづけている人がいる。

それは、そういう仕事が、子どもを変えることに確信を持っている人たちである。

その中の一人、薊幸子さんに、

「先生の作品が、どんな種から生まれたのか知りたいんです。そういう本を書いてくれませんか」と言われた。

今まで、どれだけ多くの人から「いつ書くのか」と言われたことか。でも、いつも漠然としていて、何をどう書こうか迷っているうちに時が過ぎていた。

でも、「種」ならば、簡単だ。とりあえず、これから書こうと思ったのである。

脚本は、野外劇、人形劇時代から数えると、たぶん、百に近い。

子ども向けの脚本だから、大むね短いものが多いが、中には、四十三分も踊りつづけるものもあった。

でも、それらの作品は、現状の学校では、上演不可能だろう。

ただ、そういうことをやっていた学校や、時代があったということは、出来るだけ多くの人に知ってほしいと思う。

そして、心の教育と、知育、体育は、別ものではないということ。「心身一如」という真理を忘れないでもらいたいと思うのである。
この拙い本を出すに当たって、樋口明さんや薊幸子さん初め、多くの仲間たちや出版社の斎藤草子さんに、多くのご支援をいただいたことを、お礼申しあげる。

平成二十六年四月吉日

△参考に載せた曲を使用する場合は、音楽著作権協会または作曲者に直接ご連絡ください。

〈著者紹介〉

石塚真悟（いしづか　しんご）

1932 年 2 月　群馬県佐波郡境町に生まれる。（貞治）

1951 年 3 月　伊勢崎高等学校卒業。

（大学受験に失敗。放浪の旅に出る。窯場から窯場へと流れ歩く）

1952 年 10 月　境町立采女小学校勤務。

1957 年　夏季演劇大学入学。

1962 年 3 月　関東短期大学夜学部卒業。

その後、島村小学校、境小学校、玉村小学校、芝根小学校を歴任。

1987 年　「リズム構成を創る会」を結成。

1992 年　教職を退く。

1993 年　藤岡市営「土と火の里陶芸工房」へ陶芸講師として招聘される。

2009 年　「土と火の里陶芸工房」を退き、現在に至る。

表現教育シリーズ（一）

脚本（人形劇・野外舞踊劇・リズム構成）の種の本

2014年 7 月15日　初版第 1 刷発行

著　者　石　塚　真　悟

発行者　斎　藤　草　子

発行所　一　莖　書　房

〒 173-0001　東京都板橋区本町 37-1

電話 03-3962-1354

FAX 03-3962-4310

組版／四月社　印刷／アドヴァンス　製本／新里製本

ISBN978-4-87074-191-1　C3337